小镇悠民

——温世豪文集

温世豪 著

百花洲文艺出版社
BAIHUAZHOU LITERATURE AND ART PRESS

图书在版编目（CIP）数据

小镇悠民：温世豪文集 / 温世豪著. –– 南昌：
百花洲文艺出版社, 2023.8（2025.8重印）
ISBN 978-7-5500-5223-9

Ⅰ.①小… Ⅱ.①温… Ⅲ.①散文集 – 中国 – 当代
②短篇小说 – 小说集 – 中国 – 当代 Ⅳ.①I267②I247.7

中国国家版本馆CIP数据核字（2023）第131939号

小镇悠民：温世豪文集

XIAOZHEN YOUMIN：WEN SHIHAO WENJI

温世豪　著

出 版 人	陈　波	
责任编辑	蔡央扬	
书籍设计	黄敏俊	
制　　作	何　丹	
出版发行	百花洲文艺出版社	
社　　址	南昌市红谷滩区世贸路898号博能中心一期A座20楼	
邮　　编	330038	
经　　销	全国新华书店	
印　　刷	江西骁翰科技有限公司	
开　　本	720 mm × 1000 mm　1/32	印张　8
版　　次	2023年8月第1版	
印　　次	2025年8月第6次印刷	
字　　数	180千字	
书　　号	ISBN 978-7-5500-5223-9	
定　　价	39.80元	

赣版权登字：05-2023-178
邮购联系　0791-86895108
网　　址　http://www.bhzwy.com
图书若有印装错误，影响阅读，可与承印厂联系调换。

自序三则

为内心而写

我与写作有着不解之缘。

二十多年前我是一名 web（网页）程序员。我的足迹先从海口到北京，又从北京到广州，最后从广州回到粤西的家乡，我成了镇子里的游民，迷惘之际写作拯救了我。我试着给几家报刊投去"豆腐块"，没想自己的文字变成了铅字，有一天我捧着三十多块的汇款单欣喜若狂。写作，一发不可收，镇子里还使用拨号上网的时候，我便成立了网络工作室，召集了几名作者，专为公关公司撰稿，从此我成了一名收入颇丰的自由撰稿人。也正是写作，让我走出大山来到城里安身立命。写作对我的影响不可谓不大，它改变了我的人生路。

尽管如此，我却一直都认为自己不是真心写文章的人，我常常用"吊儿郎当"来形容这种写作生涯。吊儿郎当，便是写写停停，毫无章法，比业余还业余。就这样的状态，我居然还出了书，三十二岁那年，我在清华大学出版社出版了人生第一部著作。算得上是真心写时我已过不惑之年，到了中年，感到岁月的蹉跎，心里迫切要将过去的那些人、那些事絮叨絮叨。因此，这些年，我写作比过去任何一个时期都勤奋——我学生时期尚未近视，到了中年才开始近视。

如何去写，我是不得要领的，只知是随心而作。我感到写作和做人没什么区别，人有老实的，有油滑的，有妖艳的，也有朴素的，这些讲究我以为不分高下，正是不同脾性的人构成了这个多元的世界。我的这些文字读来很"淡"很"散"，没有迂回曲折、跌宕起伏，没曾思考过使用什么技巧（我甚至认为文学创作不必过于强调技巧，这方面最有优势的还是 ChatGPT 人工智能聊天机器人），不是故意为之，只因自己只会这样写，随着心中的思绪下笔。若叫我换个风格，那会很难为情，就如一个老实人突然油滑了起来，大家便感到他挺怪诞的。

不管如何去写，我想我都要为内心而写，只有为内心而写，才能写得踏实，才会有写下去的冲动。

文学为生活

我不是文学家，也没有指导青年的资格，却不妨碍我有自己的文学观。先辈说文学为革命、为唤醒，我不反对，但以为过于奢望了。

我认为，纵览整个人类文明史，每一场革命，每一次思想的解放，都是与生产力变革紧密相连的，这种变革并非几个文人写几篇文章就能促就。换言之，科学技术能推动革命也能改变思想，当它发展到一定程度，人类文明必然随之进步。

当下的文学，主要作用还是滋养生活，传递积极的人生价值观，以让人寻得精神上的慰藉，让日子过得更有情怀，如能洗涤灵魂那更是上乘之作了。

说到我，不过一个奔走于城市与乡村之间的现代农夫，常常自诩是田园主义抒情者。何谓田园主义？我是这样定义的：一种简朴的，与自然紧密相处，与人坦诚相处的生活状态。我以为，田园主义没有城市乡村之分，没有富贵贫贱之分，它不只是放牛、种菜，它更是一种精神境界——心中无欲最为田园。我这些文章很多就有这样的田园主义色彩，感自生活，写来只为反哺生活、润色生活，别无他求。

文学，其最终出路是回归生活，回归质朴。

清净的人

三弟发来信息，说父亲身体每况愈下。我上一次见到父亲，便感到他大不如从前，说话很是吃力，支支吾吾的，我竟然听不出他的意思来。我回了三弟一句："能有什么法子！"这话的意思再明白不过了——听天由命。"能有什么法子"，多么冷酷，多么无情，可真是没什么法子了，人本来就渺小，父亲亦不会例外。

关于父亲的文字我写得并不多。他也甚少和我提起他的生平，尽管他有记录日常琐碎的爱好，可无非就是些"某日搬了家""某日买了辆嘉陵"之类的，却少有关于他身世的只言片语。我只知道他在"文革"初期读过高中，青年时种过田，做过小学语文老师，当过木匠、泥水匠，最后成了镇子里唯一的那个市场的菜贩子；他一辈子没去过远方，到过最远的地方是广州，读农中的时候，他们学校组织学生步行到广州，准备在广州乘坐火车去湖南串联，结果在车站被轰了回去。

父亲是一个喜欢清净的人。他没有知己，甚至连很普通的朋友都没有，老是独来独往，走街串巷，此外便是一日三餐。父亲也爱看书，他看的书很特别，占卜算卦和老皇历，还有就是各种药方册子。他喜欢这样的生活，清清净净。这是我见到的最平庸的人，一个很容易被忘掉的人。

父亲是一个正直的人。有一年教育部门调查民办老教师的教龄，别人都往多的填，如此能获得多一些补贴，父亲却坚持如实填写，他的"照正来"令旁人很不理解。我理解父亲，他是不想节外生枝，不是自己的东西他是不会要的。父亲这辈子和"精明"两个字毫不沾边，他这辈子没有做过一件大好事，也没有做过一件缺德事。

父亲便是这样一个人，平凡，孤寂，却一辈子都清白干净，在一个"改变不了现状就要适应现状"的时代，他那颗淡泊的心令我感怀万分。这是一部文集，大部分是散文随笔，末了有一辑散文体短篇小说。散文里有一文《留得清净在人间》我颇为喜爱，由此浮想起正处于风烛残年的父亲。

谨以此书献给那些始终坚守心灵清净的人。

此外，关于这个书名。走过了一半的人生路，我才恍然大悟，悠闲、自由才是生活该有的样子，而绝非忙碌、打拼。我越来越向往那种极简的生活状态，"悠"便是这部作品的主旨，因此取《小镇悠民》一文的题目为书名。

目录

小镇悠民

小镇，

小家，

与小事。

农民，

平民，

及悠民。

鸭脚木

浸仔湾的山岭上长着许多野生的鸭脚木，虽多，却不成片，孤零零的，隔得老远。好几年前友人带我到那里去看过。

鸭脚木是一种外形看起来很普通的树，常常两株缠绵而生，俨然一对情侣。它的叶片很大，树干很小，花却很特别，开在冬天，异常繁茂。远远看去好像荔枝花，无从圈点，细看却出奇精彩，五片如翡翠雕成的花瓣围成了一个五星，花瓣与花瓣之间又伸出五个洁白细长的触角，看着晶莹剔透，令人心生爱怜。我不敢相信自己的眼睛，一种平淡无奇的树能开出如此娇嫩可人的花朵。

此时正是冬日的傍晚，一抹金橙色的夕阳透过西山的间隙照射在鸭脚木树上，大地、青山、河流、树木，眼前的一切，给人一种沧桑的美感，鸭脚木的花在这里静静地展颜。

我是跟友人去采冬蜜，那是一种以鸭脚木花为花源的蜂蜜，岭南地区独有的品种。冬蜜需在第二天一早采，我提前一晚抵达浸仔湾附近一条村子①，晚饭后便和友人骑摩托到山上看鸭脚木的样子。我想起来了，我以前在山上也偶尔会见到这种树，只是

---

① 一条村子：本书保留了部分广东话口语用法如"一条村子""炖瘦肉粥他吃"等。

不知道它的名字，也不知它的花便是冬蜜的来源。

我问友人："这树可以做盆景吗？"我想挖一株小的回去养起来。

友人笑了笑说："这种树做盆景也不好看，花期是比较长，但是它的花并不漂亮，色彩过于单一。而且你要做盆景的话最好去花卉市场买那些人家培植好的，这种野生的拿回去种，往往水土不服。"

友人说得也甚有道理，我便放弃了这想法，不过我还是挺喜欢它的那份翠绿，很自然、亲切，给人一种心如止水的恬静。友人不觉得好看也许是他看惯了的缘故，又或许他尚未留心去观察它的美，人对美的定义确实天差地别，万紫千红是一种美，璞玉浑金也是一种美。

晚上百无聊赖，我便在村子里到处转。村子不大，约莫有四十座屋子，大部分已经人去楼空，灯火依稀，偶尔听到一阵犬吠声，此外万籁俱寂。这是一条人迹罕至的古村落。

我绕过一片挺拔茂密的竹林，又穿过一个近乎干旱的池塘，来到了一户人家的门前。一位老人正在门口抽着"大碌竹"，那是一种水烟筒，我对这玩意太有印象了，小时候我父亲有些年就在家里做一些水烟筒和凳子挑到镇子里售卖。因此看到有人在抽水烟筒便倍感亲切，像是见到熟人一般。我和老人打了招呼，聊了起来。

老人两鬓发白，年过六旬，瘦瘦的身子，精神却很矍铄，他一边吐着烟圈一边介绍着他家里的情况。原来他家只剩下他和老伴，膝下有一男一女，女儿嫁到县城里面去了，儿子前年大学毕业后在佛山一所中学做老师。我疑惑老人为何不跟着儿女到城里去，该是含饴弄孙的时候了。

"在这偏僻角落的老屋里不会无聊吗？怎么不到城里面去住？"我问。

　　老人叹了口气说："老了，和以前不同了，看不清公交车上的字了，走路也不稳了，爬楼梯都很吃力。当一个人老了，去了城里，除了瞪着两眼发呆就什么都做不了，日子过得更是无聊。后生时候能做点事就做点事了，老了就是没鬼用。"

　　老人又说："老两口子都到儿女处居住过一段时间，但无法适应城里的生活，嘈杂且到处充斥着汽油味的空气，回到这老屋里，说不准还能多活一些年。"

　　老人这番话，使我感慨万分。想来，人和那鸭脚木树没什么两样，只有生活在他习惯了的环境里，他的心情才能快乐、舒坦，哪怕是荒山野岭，他也能找到自己的价值所在——种好他的田地，养育好自己的子女。正如鸭脚木的花朵，长得并不娇艳，却在世人的冷落中为人们奉献了最甜的蜜。这何不是一种美好的人生，只是我们未曾觉悟。

　　如今，我家里常备着鸭脚木蜜，每逢品尝到它，便会想起友人和老人的话，农民的话往往蕴含着至深的哲理。我们终其一生去寻找生命的顶点，而谁又会意识到适合自己的位置才是最好的位置，有人在激流中博弈，也有人在"野生"中不亦乐乎，生活中最真实的甘甜是从心而发的。

　　又到了鸭脚木在山岭上盛放的季节，它那素雅却甜蜜的花朵，宛如空谷幽兰，令我感到了一阵前所未有的敬仰。

栗子熟了

中秋圆月的美，是宜于想象的。

今年的中秋一家子到父母处吃晚饭，回来的时候已经是七点多，我们沿着笔直的马路向东方驰骋，一轮巨大无比的满月在正前方从一片逶迤的云朵背后徐徐升起。顽皮的小儿子喊了起来："好大的月亮啊！"他接着说，"前几天的月亮是一个栗子，今晚的月亮是一个饼干。"那一刻，大家都笑了。

前一天，他妈妈买了些栗子回来，这才认识不到一天，小家伙挺会想象的。儿子指挥着我，要我加速追上去，追上那个前些天还是栗子，现今变成了饼干的圆圆。我踩着油门往下踏的瞬间，感到了一阵的幸福，因为我要和孩子一起追上那个大饼干，大咬一口，酥脆酥脆的……

然而饼干是没有的，月饼一家人都不怎么爱吃，唯有毛薯、芋头、栗子最抢手——这些都是我们这边中秋夜供奉月神必需的贡品——尤其是那栗子，月神爱吃，大人小孩都爱吃。每人抓去一把，三五六个，在嘴皮底下不停地嚼，我有时一次就能嚼个半斤，仍然意犹未尽。因此我经常幻想着像儿时那样，待栗子成熟的季节到山上摘栗子，回去饱食一顿。

儿时，我的故乡在一个突兀的山丘上，只居住着我们一家子，我们家的后山是一片茂密的树林，那片树林起码有两个足球场那么大。在树林里面有一条通向后山草坪的小道，小道旁长着一棵栗子树，树头比水桶还粗，在不到膝盖的位置又分裂成五条腿那么粗的枝干，树头部分刚好被一层草莽荆棘覆盖着，远远看去还以为那是好几棵树缠绵在一起。印象中的栗子树，它的树枝弯弯曲曲，如同蚯蚓，叶子虽然不多却很宽大。

从我记事起，每年中秋之前，父亲和母亲都会带着我和弟妹一起上山摘栗子。蜿蜒的细枝上挂满了鸡蛋般大小的绿果子，果子全身带刺，样子像极了蜷缩起来的小刺猬，裂开的一道缝如同一张嘴巴，露出黑褐色的栗子，仿佛在树上哈哈大笑。父亲用钩子把它们一个个地钩下来，母亲则提着竹箩筐在下面捡，我们不敢靠近，只能远远地站在远处观望——这玩儿可是披荆戴棘的。如今，我不禁佩服大自然的生存法则，为了抵御外敌，它们宁愿选择长得那么令人望而生畏，可越是难得，也就越是美味。

我们回到家里把栗子摊开到地上，母亲先是煮了一大锅分给我们吃，如黄玉般晶莹的果肉炸裂了开来，一股浓郁的芳香弥漫着整个屋子，那味道回想起来如同夏至里刚出锅的爆皮番薯味。剥开皮，嚼一口，印象中比现今市面上卖的栗子粉香得多。我后来还有一个疑惑，本地的栗子缘何比外地的香，外地的栗子在它们的产地还不一样被称为本地栗子吗？莫非是我们的家乡情结，使得我们产生了一种家乡的物产永远是最美味的偏见？

我曾经向一位农业专业的校友请教，他是这样解释的："市场上的栗子是经过改良的品种，产量大、个头大，栗子树吸收上来的营养自然就被稀释了，就如我们煲牛肉粥，一斤牛肉煲一盆尚还有牛肉味，如煲了一镬粥哪还能闻到牛肉味。"

校友的话不无道理，只要是遵循自然法则保留下来的瓜果，味道里都保留着天然的芬芳。有一回，我到乡下买了些萝卜干，炒起来吃爽脆醇香，不知比工厂批量生产的萝卜干美味多少倍，因为批量种植的萝卜打了过多的膨大剂，吸收了过多的水分，浮而不实，粗而不坚。这是一个工业时代，也是一个膨胀的时代，吃的东西膨胀了，乡土田园风味正在渐渐地离人们远去。

儿时的栗子往往吃不完，那时不说冰箱了，就是电都还没有通，母亲便把栗子风干至坚如硬石，用竹篮装着挂在通风的大厅里。风干的栗子有些果肉因为收缩而和果壳分离，摇着嗒嗒响，便成了我们的玩具——天然的铃铛，我边摇边喊："收杂货咯……收烂铜烂铁咯……"

风干的栗子也是一番美味，有人上村卖猪肉的时候，母亲偶尔会买些腱子肉来炖栗子汤，使用瓦煲和柴火炖出来的栗子汤味道香甜浓郁，饮到最后，又嚼起汤底下的栗子碎，让人余味无穷。若是用栗子炖鸡汤，那更是上等的饮食，可是那时物资匮乏，很长时间也吃不到一顿鸡肉。

最廉价且美味的不过栗子蘑菇粥了。到了淫雨霏霏的春季，村子面前的荒地上便会长出一种可食用的白蘑菇，叫什么名字我不得而知，只记得很是肥大，像一把加宽了的雨伞，伞柄却很粗短。母亲同样是用瓦煲，先将大米和栗子煮开，滴几滴清油后再放下蘑菇使用文火慢慢炖煮，这样炖出来的素粥清甜可口。

后来我家搬去了农场，农场里有一独生子，和我一般的年纪，还是小学同学，因为是家里唯一的"香火"他的父母特别溺爱他，常常炖瘦肉粥他吃，人称"有宝仔"。对"有宝仔"我又羡慕又妒忌，妒忌的时候心里就会自我安慰一番："瘦肉粥有什么好吃，比我从前吃的栗子蘑菇粥差远了。"可惜自从离开故乡，我再也没有吃过母亲炖的栗子蘑菇粥了。

栗子腱子汤、栗子蘑菇粥，尽管我也尝试做过，可始终都找不回童年的味道，我也不清楚是哪一个步骤出了问题，又或者是食材没从前那么鲜美了，又或许是煤气和金属器皿没有柴火和瓦煲那么贴近自然了，如此，那番美味只能停留在记忆里。

故乡的后背山在二十多年前就被外面的商人承包铲平，种上了速生桉，童年时的那棵栗子树不见了踪影，现今我能吃到的只能是市场上经过改良的栗子。在这个人心膨胀的时代，我只能是把故乡的那棵栗子树移植到心窝里，让它伴随我的一生，这样我就可以在每年中秋来临之际，随时爬上去采摘，让我们的孩子享用。

栗子熟了。中秋月圆之际，我又回想起了儿时和父母收拾工具兴冲冲地上山摘栗子的情形。

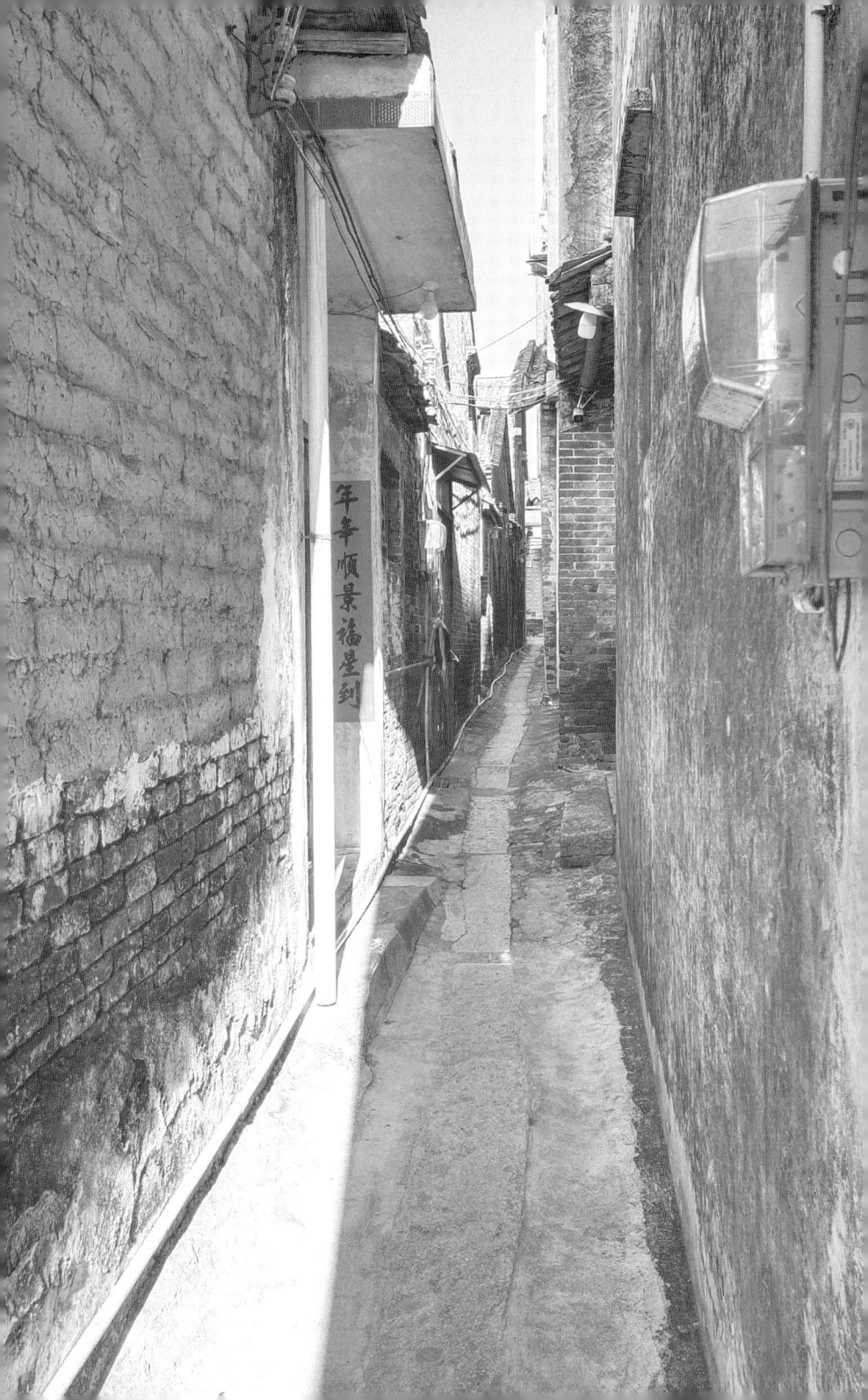

年年順景福星到

小镇悠民

在小镇的北面，有三条又长又窄的巷子，称为水巷，分别以数字命名，其中数水巷一最窄，仿佛一根细线，窄至只能容得一个人进出。如在巷头巷尾看到有人相向而来，先得等那人出来再进入，倘若在中段相遇，只好双双侧着身子而过。

水巷一里有一户人家，原先的房子是泥砖瓦砾屋，二十多年前拆了，建成了一座两层半的钢筋混凝土屋子。屋子里的陈设简陋，进门是一个小厅，五六平方米，摆着两张木座椅，一台液晶电视，一目了然。厅的对面是房间，那房间只容得下一张床。厅的旁边是厨房和洗手间，一张红色的大饭桌大得和屋子不协调，上面放满了盘盘碟碟，苍蝇四处飞舞，没有冰箱，灶头是烧柴的。

屋子的主人是一位耄耋老人，生于一九四四年，说是近八十了，看样子并不像，脸颊饱满，面色红润，头发全白了，胡子刮得一干二净。他的身板，在镇子里算是魁梧的人。他爱穿白色的上衣，裤头永远系着一串钥匙，除了冬天都穿棕黑色凉鞋。他与人说话亲和慈祥。

老人从小生性木讷，终身未婚。二十世纪八十年代这一带流行"换婚"，他娘说用一个妹妹帮他换一门亲事，可是妹妹死活不同意，这事就罢了。到了五十岁不知谁人介绍来一个"越南婆"，花了一千多媒人钱，女人住了几个月就跑了，此后他就一直没有过女人。

老人无儿无女，他本和母亲相依为命，母亲去世后他在政府那里申请了"五保户"，各种补贴加起来每个月有六百块。他的生活很简单，饮食更简单，早上瓜咸或者豆豉送白粥，午晚餐吃饭，蒸排骨或牛肉，很少生病，身体比其他同龄人都好。

我和老人是温姓本家，甚为熟悉，碰面都会打招呼，至今他都还喊我的伢子名。我常常见到他在镇子的旧邮电局对面闲坐，他不会下棋只好看别人下，或者坐在四脚的长板凳上，静静地看过往的路人和车辆，有时又见他在镇子中心一老旧理发铺里跷着二郎腿，东张西望。不像别人谈笑风生，他没什么话语，只是坐着看别人做事或娱乐，神情却不呆滞，像是一位忠实的观众。他一坐就是一整天，到了约莫三点就回家煮晚饭吃，他成了镇子里吃晚饭最早的人。

老人和我说过他的身世。他小时候，他爹和娘去修江河水库，留下他和几个弟妹在家里，靠摘野果和挖山药来吃活了下来。二十世纪八十年代他和亲戚到深圳的工地做了几年泥水，可是并没有攒到钱。九十年代初回到镇子帮人看守果园，管过蕉林，也管过荔枝林。我在镇子读初中的时候还经常到他那里玩，那果园就在离镇子不到三公里的公路旁，我记得很清楚，他说过老板每个月给四百元工资他，言语间像是已经心满意足了。六十岁过后他就不再去打工了，成了镇子里的闲民，到处逛逛，观观热闹，看看电视，便过了一天。

老人的世界很小，极少离开镇子。年前出了一次城，说是有人过来帮他免费检查身体，让他到城里住了十几天院。老人有几个侄子，在城里生活，他们每逢回到镇子，都会塞几百块钱他，叫他买好吃的。他的妹妹也经常会来看他，几个妹妹劝他去敬老院，但他打死也不愿意去，因为听人说去了那里没了自由，像是坐牢。他要在那条窄小的巷子里过一辈子，不会到别的地方去了。

老人的一生，平平静静，无欲无求，无恨无愁，大山外面的事情知道得也少，他不懂政治，也不会争斗，每天吃瓜咸、豆豉、蒸排骨、蒸牛肉，但他过得很开心，很精神，活像一个老孩童。

这是小镇里的悠民。

木薯饼里的幸福

看着孩子吃薯片，我就想起了小时候妈妈做的木薯饼，嚼起来也是同样的响声。那天我打电话给妈妈，问她是否还记得以前在农场过年时吃的木薯饼，她说："怎么不记得，木薯饼是你们以前最爱吃的东西，香香脆脆的……"

过年的感觉，对如今的孩子来说是快乐的，有好吃的、好穿的、好玩的，还收着长辈成百上千的"利是"（指红包，由"利市"演变而来）。我们小的时候就没有这种运气了，可那时我们又尚未懂得什么是艰辛，只顾着在田地里尽情地玩耍，只顾一口一口地嚼着木薯饼，游荡在幸福的空气里，待长大后慢慢地去回想，方才有一股淡淡的辛酸涌上心头。

有一年，不记得是哪一年了，像是还念二三年级的时候，我们一家子住在橡胶农场里（父母在那里做工人）。农场的效益并不好，工资只有六七十块。家里养了几头猪，却也不见长肉，而且还越养越瘦，过年前爸爸把猪卖出去还了赊饲料的钱，最后只剩下五块钱，爸爸连番感叹白忙活了一年。

五块钱就是家里的全副身家了，所有过年的开销只能在这五块钱里面。这事我之所以记得这么清晰，是因为我的二弟用细细的竹签，从父亲放钱的抽屉的缝隙里夹走了两块钱，被妈妈拿着棍子追着打，那狼狈不堪的场面如今历历在目。妈妈边打边骂："家里一共才五块钱，你这么心兽，竟然偷了两块。"二弟向来捣蛋，这会被妈妈狠狠地揍了一顿，我们也吓得二话不敢说——竟敢偷这么多钱！如此，这事一直烙在我的脑海里。那时，两块钱对我来说是一个大数目，因为我们小孩买东西都是以分为单位的，一分钱能买一颗水果糖，五分钱能买一根红豆冰棍，而我读书的学杂费每学期才八块钱。

因为光景很不好，这一年我们兄弟姐妹过年前都没添新衣裳，家里孩子多，每人添一件就是一笔不菲的开销。大人的困窘对我们来说并没有影响，我们那个年纪很难去体味他们的难处，我们的心思只在玩的和吃的上面。

除夕还没到，农场里时常就会发出一阵"啪啪"声，那声音在空旷的山坳里回旋，异常地响亮。小孩们拆散了一包包的鞭炮，一个个地揣在兜里，来到田地上，炸青蛙和老鼠。闻到了鞭炮的火药味，我就闻到了新年的味道。

和到田地里炸青蛙、老鼠相比，炸木薯饼则更为诱人。妈妈说，今年没钱买馅做其他饼了，就炸多点木薯饼来嚼吧。我们爱吃的叶贴和包子这一年是没有出现了，因为做叶贴要买白糖和花生，做包子要买猪肉，这些都变得无能为力。炸木薯饼是这个农场特有的习俗，也不知是谁家起的头，除夕的前几天家家户户都在炸木薯饼，薄薄的木薯片经过油炸之后嚼着酥脆爽口。那是我儿时最喜欢吃的东西，也是我盼着过年的原因。

自从离开农场后，我再也没品尝到这种美食了——我不知它算不算美食，但对儿时的我来说，它确实是一种令人垂涎的饼。如今，它的酥脆，它的味道，它嚼起来的响声，仅仅停留在我的记忆里，而这种记忆又是很模糊的，只是知道很好吃，如何好吃法却说不出一个所以然来。但是炸木薯饼的过程我是不模糊的。

农场东北角的山涧下有一个泉眼，人们在泉眼上挖了一口井，井很浅，水源很充沛，溢出的泉水浸润着周围的土地，树木枝繁叶茂，郁郁葱葱，这里一年四季恍如春天。

我家的菜地就在那口井的下方，种了一排木薯。木薯有两个品种。一种长出来的根是白色的，叫苦木薯，这种木薯没有那么粉，吃多了会醉人。另外一种长出来的根是黄色的，叫甜木薯，甜木薯吃起来比苦木薯粉香，我们称之为面包木薯。面包木薯不多而且好吃，待不到新年就被挖空了。苦木薯则不受待见，吃一小节便会发腻，平时也会偶尔炒来当饭菜吃，到了新年剩下的全是苦木薯。木薯很难保存，挖出来放置两三天便会发黑，聪明的人们便研究出了一种新吃法——炸木薯饼。

妈妈带着我们一众孩子，把木薯全挖了回来，剥了皮，放到一口大锅里面加水将木薯煮熟煮透。待煮熟的木薯凉了之后，就要对木薯进行切片，有意思的不是横着切，而是竖着切，出来的是一片片方形的木薯片，想来也有道理，因为木薯都有芯，横着不好切。后来我在网上看到许多木薯片是圆形的，我就料想那不是原始的木薯片，而是用木薯粉加工的。

农场地处山坳，冬日的暖光夹带着一股凉风，从种满了橡胶树的山顶上舒展开来，和煦而宁静。切好的木薯片放到簸箕上经过白天的日晒和夜晚的风干，三四天便变得又白又轻。一阵轻轻的风吹过，一片片地跳跃了起来，有些落到地上，像是白云，又像是冰雪。妈妈将晾干的木薯片倒入油锅里，顿时锅里唧唧声响，片刻出来的便是木薯饼，同样是白色的，只因沾了油的缘故，在阳光底下看着多了一层淡淡的黄金。

这一年春节，妈妈炸了一大桶的木薯饼，分了些给邻居，家里留下的足足吃到了元宵之后。这是我经历过的最清贫的春节，我不知大人是怎么样度过的，我们却因为有了醇香且充足的木薯饼，早已忘却了眼前的不堪，忘记了没有添上新衣裳，过得心满意足。这是乡下人在光景不好的时期过的春节，五块钱便能包罗我们小小幸福的心，这对于如今那些生活在城市里、冷漠挑剔的现代人来说，几乎是难以想象的，他们在物质的层层包围之下，也难觅得丝毫的幸福感。我便会由此想到，幸福不来自物质的数量、价格，而是人在众多诱惑面前依然能保持着一颗平淡的心。

开春以后，燕子飞来了，禾苗在稻田里长得郁郁葱葱，我们去上学了。大人们在橡胶林里劳作，木薯饼的飘香依然停留在整个山坳里。

一枚旧邮票

　　我年少的时候，刚从农场搬到镇子的头两年家境甚为窘迫，差不多揭不开锅了，两元钱便是全家一天的买菜钱。

　　清晨，我打开防潮箱，翻开了一本一直珍藏着的邮册，看到了一枚旧邮票安静地躺在一层透明的胶纸下，一尘不染。刹那间，一股热泪涌上心头，一幕幕的往事就如这个深秋的苍黄落叶，一片片地在斑驳的晨光中缓缓地飘进了我的眼帘。

　　那是一枚"20分"的"上海民居"邮票，左下角盖着一个圆形的邮戳，上方文字是"广东深圳"，下方年月是"1991.4"，具体哪天的已看不到，那部分邮戳盖到信封上面去了。

　　这枚邮票是父亲当年在深圳工地打工给我写信时使用的，那时我还在镇子里的小学念书，父亲的来信本不止这封，只缘当初并无保存的意识，仅留下这枚"上海民居"，我记得还有"江苏民居""北京民居""万里长城"。"上海民居"是一幢两层的灰砖青瓦的石库门，这是一种中西合璧的建筑，也是上海最有代表性的民居，有一年我到上海，还有幸目睹了石库门的风姿。三十多载过去了，"上海民居"依然完好如初，如果不是因为上面的邮戳，没人会相信它在册子里尘封了如此漫长的岁月。

　　那个年代还没有电话，我和父亲的日常联络只能通过书信。

父亲来信的内容基本上都是些报平安的话，以及问候下家里什么情况，当然，最重要的就是喊我给他发电报。每逢从老师手中接到父亲的来信，我便知又到了该给他发电报的时候了，我那时也成了镇子里发电报最频繁的人，隔两三个月便要发一次，邮电所里的营业员几乎都认得我。"你又来发电报呀？！"每次走进邮电所，那个胖得像是怀了孕的所长便会如此问我。

发电报是父亲给我安排的一项特殊任务。不知道什么原因，父亲的工地很长一段时间都发不出工资，平时只能向包工头"借"钱用，但"借"钱得有让包工头信服的说辞。父亲天性敦厚，不善花言巧语，可毕竟读过书，"文革"结束后还做过好些年小学语文老师，也就多了些应对的办法——他心生一计，让儿子给老子发电报，称家里急需用钱。电报发什么内容父亲在信件里面都草拟好了，通常只有短短十来个字，连标点符号都没有，譬如——

伙食费已用毕速汇款回家。

老师催缴学费速汇款。

缺生活费急需要钱。

当时，电报分为普通电报和加急电报，普通电报一毛四一个字，而加急电报则要两毛钱一个字，父亲叮嘱我一定要用加急电报，免得误了事，我每次都郑重其事。发这样一份电报可是笔大开支——全家一天的菜钱，不过父亲这招确实很奏效，不出几天他就"借"到了钱。这种状况持续了差不多一年，直至父亲辞工离开深圳。

到了读高中的时候我得了集邮的爱好，幻想着那些邮票在几十年后能成为价值不菲的古董，便到处搜罗，多数是从同学那里得来的。我和父亲的书信唯独剩下这一封，放在家里我桌子的抽屉里，像是 1996 年，我找到那个信封，把上面的邮票撕了下来，保存至今。

　　每年我都会从防潮箱里取出邮册从头至尾翻看一遍，看着里面每一张邮票，就仿佛看到了无数张过去熟悉如今陌生的脸孔……除了感叹一番岁月的蹉跎、友情的遗失，便是继续着下一页。当目光移到那枚"上海民居"的瞬间，便又会打开我记忆的帘幕：年轻的父亲，手执我的加急电报，在包工头面前毕恭毕敬地恳求"借"钱。父亲昔日滑稽且无助的神情，深深地烙在这张小小的邮票上，令人感怀于心，而这所有的不堪，除了父亲，也只有我一个人最为清楚。

城市百菜园

　　以现代人的观念，乡下的房子再多再大那都不是房子，只有在城里有房，那才叫有房。而城里的房，要么是像鸟巢一般的商品房，要么是有天有地的自建房。在我这个山里人看来，房子自然是要有天有地的，这样我便在城里建了房子，也正是这个缘故，我得到了一个在城里种地的机会。

　　我在城里种的地，是块菜地，前后种过二十多种菜，有丝瓜、水瓜、黄瓜、番茄、韭菜、绍菜、油菜、椰菜、荞菜、萝卜、香麦、枸杞菜、生菜等等，姜、葱、蒜自然是必不可少的，甚至连甘蔗、玉米、番薯都有。

　　那菜地其实是一块住宅地，紧挨着我家屋子，有一百五十平方米，按目前的行情可是不菲的价值，我和街坊都不清楚这地是谁人家的，从未见到它的主人前来过问。原先附近有人在上面种了些景观树，在我家建房子那年，怕落下的砖砖块块砸坏了那些珍贵的宝贝，便叫他们清理走了，那地就成了一块荒地，杂草丛生，一直这样持续了好多年。后来政府搞"创卫"，嫌那地皮有损市容，便在四周建了一堵两米高的围墙，这地用作菜园那可是得天独厚的。近水楼台先得月，我和我母亲还有邻居阿姨，花了两天时间将那地块上的杂草铲走，而后横横竖竖开了八九块有一巴掌高的菜畦，种上了诸多品种的菜。有高墙作为屏障，从这里路过的人，不会晓得里面藏着一片天地。

此前有朋友相劝：种菜无用，有这时间不如用来挣钱再买菜，买几吨都不止。我的想法并非如此，一些空闲的时间，不是用在这个地方也会用在另外一个地方。你不种菜或许就会坐着看电视——腰酸背痛，你不种菜或许就会去搓麻将——输个精光……种菜固然不会有多大的产出，可按目前流行的说法，也算是一种避免被"收割"的"躺平"方式，毕竟一旦被"收割"，那付出的代价实在太过于惨重了。此外，掘地种菜即便按最无为的说法也该是"静以修身"的一种，不是说"非宁静无以致远"吗？我这就宁静一番，看看能否致远。且不说外人，就是我的妻子也是不支持种菜的，主要还是嫌脏了脚，她有洁癖，喜欢斯斯文文的环境，她是不可能种菜的了，而家里又想吃到无农药的菜，那只能我或者我的母亲来。不管怎么说，这菜都是必须种的了，且要一直种下去，直至地皮的主人兴工盖房子为止。

我是一个不善于做农活的人。有一年心血来潮，在淘宝上买了些种植箱回来，放到阳台上，下了些白菜和番茄的菜籽，不知是菜籽的问题还是土壤的问题，又或者是照顾不周，白菜是出来了，但番茄没等到结果就枯死了。不过我的母亲种菜还是相当有经验的，这次选什么菜籽、施什么肥都由她决定，我不过做些力所能及的事，比如培土、除草、浇水。可以说这菜园的功劳大部分是我母亲的。后来母亲到三弟家带娃去了，这菜地就由我管着，只有下菜籽的时候她才会过来帮忙。

菜园郁郁葱葱，时不时有鸟儿降落，在菜林间低声吟唱，七彩的蝴蝶则在上空翩翩起舞，戏弄着这块芳土地。看着这些可爱的小精灵，还有那绿茵茵的青菜，我如同闯进来一片无人之境，忘掉了墙外便是是非之地。最近我又增加了些新品种，很是招蜂引蝶，譬如香菜、荷兰豆、韭菜、胡萝卜。

记得小时候我家的菜地里也种有一片香菜。

在农村的学校里，每逢冬至就会放假一天，好让我们在过节这天给大人帮忙。那年冬至。母亲早早就起床煮熟了一大锅鹅汤，等我们醒来时便开始做汤圆，母亲把糯米粉搓成一节节的粉条，我们小孩就争着来把那粉条剪成一粒粒的汤圆。一会母亲叫我到菜园摘点香菜回来，可我并不懂香菜长什么模样，母亲说香菜矮矮的，像田间的野草，叶子像家里的那把烂葵扇。于是我便到菜地里找那叶子像烂葵扇的东西，在菜园里我东寻西觅，来回辨认，这才确认了它。

于是我知道了这种草一样的东西叫香菜，怪怪的味道，像柠檬味，又像肥皂味。汤圆起锅前母亲便往锅里撒上一把切好的香菜，那香菜在热泡中翻腾，如同皑皑雪地中冒出的绿草，经受煎熬而后给人间带来芳香。

说到荷兰豆，早就吃腻了，家里卖菜那些年我是经常吃的，还会加一把荞菜和一些半肥瘦的腩肉一起来炒。我最近观察了荷兰豆的花，在不同时期花瓣颜色是不一样的。初来乍到，她就是一位纯洁的少女，白皙的肌肤，含羞的神色，令人怜香惜玉；过了几天少女长成了大姑娘，她披上了一件粉红色的纱衣，迎风飘扬，那妩媚的红唇令世间的男士神魂颠倒；几天没见，她已嫁作人妇，苍白而满布褶皱的脸庞涂上一层绛紫的粉黛，却难掩岁月洗刷的痕迹。

说实话，我不大喜欢吃荷兰豆，不过据说它营养价值很高，真如此的话，那就是我不识好歹了。

我们这边民间有一种讲法，说吃了韭菜会起"旧迹"（方言，意为曾经患过的某种疾病）。因此韭菜我家历来都是很少吃的，即便现在种的也是，之所以种它，无非贪其好养，无须打理，割之后浇浇水第二天又见它茁壮成长，有十来天的工夫便恢复了原貌。

家里客人来了或者逢年过节会用它来炒猪红，妻有时还会叫我去割一把回来炒猪腰或煎鸡蛋，这偶尔吃一顿的，甚为美味，倘若常吃就不见得有多美味了。有一次我做了一个和韭菜有关的怪梦，在梦中，我吃它正吃得津津有味，没想那韭菜竟然会开口说话，它感激我，说没有我就没有它韭菜，就没有它的幸福生活。我听了它这话怪不好意思的，边吃边笑着说："傻仔，没有我地球一样也会转，你的命是你父母给的，你的成长全靠你努力吸收养分。"

我对韭菜的印象就这么多了。

胡萝卜我是经常吃，却是第一次种，第一次看着它成长。未承想它的枝叶竟是如此茂密，如此娇绿，令人仿佛坠入了一片原始森林，又仿佛踏进了一片广袤的草原。

我轻轻地掰开那婆娑的绿叶，只见湿漉漉的泥土里冒出了几个拇指大的稚果，我顿时欢欣鼓舞，似乎明日就可以尝到它甜美的果汁。凑近一闻，一股淡淡的、醇醇的芳香扑鼻而来，说不清是泥土的气味还是随风而来的花香。容不了我思考，一只肥胖的大黄蜂"嗡嗡"地飞了过来，以为我侵占了它的领地，我情急之中一个松手闪避，那胡萝卜茂密的枝叶舞动起叠翠的裙裾——此时却不是春天。

这一年的冬天特别冷，我们这里差不多是中国大陆的最南端了，却低至六度了，很多年没遇到过这种天气，据说广东一些山区已经下雪了，真是罕见。连日的霏霏冷雨令我的菜园几近颓废，青翠的香麦冻得七零八落，娇嫩的生菜更是一片狼藉——也没什么好惋惜的。

我想，我并非那个无情的人，不懂得怜香惜玉。人们岂知，种菜的乐趣该是在"种"上面，而不是"菜"上面。菜总有凋谢的那一天，娇翠的它终将成为过眼云烟，只有种之中获得的体验才是让人刻骨铭心的。每每回想它们成长的样子，又何尝不是一番怜香惜玉？

很多事情都是如此，假若不理解这一点，人们便会发出疑问：你做那些事有什么用，既不能赚钱，又不能出名……

人们偏爱带着功利心去揣度他人付出的意义，然而事情并没有想象的那么复杂，那仅仅也只是一种尝试而已。尝试确实不一定会有结果，但如果不尝试，却永远都是纸上谈兵，更不清楚自己有没有恒心去坚持自己所要追求的一切。

这菜园里，一花一世界，一叶一菩提，万事万物都是相对而言的，速度是相对的，大小是相对的，甚至连时间都是相对的。不管是蓝天苍穹还是一花一叶，它们都拥有一个自己的宇宙。当我们笑话别人渺小的时候，也有一种力量对我们不屑一顾，这正是天外有天人外有人的道理吧。

是的，走出围墙，现实总是充满不堪。日出日落又是一天，世间似乎没有任何事物值得你去留恋，我们在对抗、焦虑、矛盾的内心世界里走向一条不归路，却不知生活总会遇到各种荆棘，生活之美不是靠别人赋予，而是靠自己悉心挖掘。

我在城里弄了这个百菜园，不过是为了给那些枯燥的日子来点润滑。

咸心甘蔗

甘蔗吃起来味道是咸的，那种咸又略带甜，说不清是一种什么滋味，很是难吃，我啃了几口便扔到垃圾桶里面去了。这是我第一回见识还有咸的甘蔗。

甘蔗是妈妈在上一年春天种的，一共五棵，在菜园边的角落里，黄色的皮，身上布满着黑斑，人们管它叫蜡蔗，样子像公园里的佛肚竹。这几棵蜡蔗不是直的，歪歪斜斜，特别到末端，似乎变了异，弯曲得如同一条蛇；几次都被台风刮倒，扶起来又倒下，后来差不多匍匐着地面生长；从未打理过，没施肥，没喷药，处于自生自灭的状态。甘蔗变咸的原因，我猜测是种植的时间过于久远，足足一年半，过了生长周期，日晒雨淋后糖分便慢慢褪去——姜是老的辣，蔗老了就不甜了。

甘蔗本该是甜的，却变咸了，我便在想，苦瓜会不会变甜，柠檬会不会变辣？那还真说不清楚。但时光会变味，这是肯定的，从前常玩常吃的东西，后来是不再玩不再吃了，儿时的纯真老来再看不过是幼稚。

今天我依然在怀念那段吃甘蔗特别甜的时光。

我小的时候，吃得最多的水果便是青皮甘蔗，山脚下是一片浩瀚的、绿油油的甘蔗地。那会，几乎家家户户都有甘蔗，我家自然也不少，这是一场运动式的种植，和后来村村户户种荔枝差不多。在乡下，甘蔗是"万能"的，据说瘦人吃了会变胖，还有种说法，得了肝病的人吃上几天甘蔗病情便会好转，得了百日咳又将甘蔗煮水饮……甘蔗似乎能包治百病。

我们孩子最期盼的便是在冬天甘蔗收获的季节，可以看到前来收购甘蔗的拖拉机，轮子巨大的那种。拖拉机到了，发出砰砰的巨响，我们便会跑到山下的大路，围上去打量。我们的世界是一块与世隔绝的僻壤，对于拖拉机这种稀罕物自然是无比好奇，像是看外星的产物。有时来的不是拖拉机，而是全身绿色的"解放牌"，我们也好开心。我们所疑惑的是，人坐在上面转几下那个圆盘这些大家伙便会自己走路。对那个坐在上面转圈的人更是膜拜得要死，这该是一种高深的本领，要是谁乘坐过拖拉机或"解放牌"，无疑就成了乡邻乡里有身份的人。

我和其他孩子也想做一个有身份的人，过过坐拖拉机的瘾。驾驶室里是不能给外人坐的，待拖拉机即将启动，我们便双手抓住车尾的栏杆跳上去，凌空站着，车子开出几十米后再跳下来。因为这些事，我们没少挨大人的骂。

煨甘蔗又是另外一番乐趣。

乡下的甘蔗虽多，但绝不是可以随意地吃的，那都是要换钱的，为了防盗，不少蔗农还往甘蔗上喷上大粪，有些则挂着告示"偷蔗一棵罚款五元"。五元那会是什么概念？相当于如今的五百块。我们还不会认字，这些都是大人提醒我们的，听说还有人因为偷蔗被逮住，关去了派出所。

甘蔗收购季节，我们到田地里寻觅人们丢弃的蔗头蔗尾，有时候运气好还能"捡漏"。农村的灶头有上下两个口，上层是放柴火的，下一层则藏灰，大人煮饭的时候我们便把甘蔗放到热灰里面煨。煨至两三分熟，出来的甘蔗香喷喷，还冒着热气，吃起来是温的，带有一股焦糖味，口感更软，也许因为脱了水的缘故，比先前的甜，但甜而不腻。那时，大人小孩都爱将甘蔗煨着吃，在那些寒风凛冽的日子，煨甘蔗成了一道暖心的美食。

　　如今有三十多年没吃过煨甘蔗了，但那种暖暖的、香香的、甜甜的感觉依然停留在脑海里。有一次，我和孩子说起我儿时煨甘蔗如何地香，孩子问我为什么不去买几棵甘蔗回来煨着吃，找回儿时的味道。我说，现在已经煨不出那种滋味了，没有了从前柴火的火灰，顶多只算烤着吃。现在人们吃甘蔗是爱榨成汁液喝，机器一压便可入口，全然没有了甘蔗的味道，就如饮糖水，也少了许多动手的乐趣。

　　时光已经变了味，爬拖拉机如今是万万不可取的，煨甘蔗多少也有些不卫生。甘蔗还是叫甘蔗，只是老了，心变咸了。

人 面

　　我是上小学五年级的时候搬到镇子上的，父母常年在外打工，我和弟弟妹妹以及奶奶生活在一起。奶奶年过花甲，大字不认得一个，头发早已苍白，还留着长长的辫子，盘成一个髻，额上的皱纹如同沟壑。她穿的是旧式土布，在身子右侧系纽扣的一种衣服，我现是说不出名称来。奶奶的娘家就在镇子附近，一条河流穿过她的村子，她出生不久爹娘就死了，被我的曾祖父"捡"来做童养媳。奶奶没有兄弟姐妹，旁亲也失去了联络，因此从来不回娘家，除了自己子女平时也少与人来往。在我的印象中，奶奶这辈子似乎除了生儿育女便是做各种农活。

　　孩童的时候，我们在故乡居住，我很爱吃奶奶腌制的腊鸭，每逢秋冬季池塘边的竹篙上就当风挂着腊鸭，那场景成了我儿时难以磨灭的记忆。到镇子后是没有条件腌制腊鸭了，她便腌一些瓜咸。那会没有冰箱，她保存瓜咸的方法很是巧妙，把晒干的田瓜放到一个瓦埕里面，外面塞满了干稻草，再将瓦埕的口倒过来，立在一个装满了水的瓦盆上面，这样就隔离了外面的空气，而不至于让瓜咸发霉，可放上一年半载。

　　在镇子里，奶奶还腌制橄榄和人面子，她腌的人面子用北方人的话来说就是"嘎嘣脆"，咬起来会发出如同嚼萝卜干的清脆响声，酸酸甜甜，成了我喜爱的零食。人面子是在家门口不远处捡的，那里是一个崩坡，镇子里的人倒生活垃圾的地方，崩坡的下面是一片树林，长着许多野芋和青竹，还有龙眼树，两棵苍老而巨大的人面树几乎覆盖了整个林子的半边。人面树婆娑弄影，干老枝错，其中一棵的树头有两米多宽，另一棵稍小，隔着二三十米远，据说它们有三百年的历史了，具体多久无人清楚，该是清朝时候种的。我曾在镇子北边一个村落，见到比它稍大的一棵人面树，官方说已有三百八十年的历史了，以此推算的话，说这两棵人面树有三百年的历史也并不夸张。至于树的主人，也是无人晓得。到了暑假，人面子成熟，缀满了树枝，有些会掉到地上，奶奶便拖着佝偻的身子，带着我一同去捡人面子。我们像寻宝一样，在树林里四处找地上的如李子般大小的绿果子，把没有伤痕、看起来青色秀气的带回家去。

奶奶腌制人面子的技术不知是从哪里学来的——听来的，又或者是自创的。先把人面子去了蒂，洗干净，再煮一锅开水，把人面子倒进开水中，约三五秒（总之很快），便捞起来。腌制的糖很是讲究，不用白砂糖，也不用白冰糖，而用黄冰糖，奶奶说，黄冰糖清甜、"有补"，且腌出的凉果色泽金黄。奶奶让我到街上的商店买来黄冰糖，她用锤子敲成粉末，再将晾干水的人面子用菜刀轻轻一拍，露出一道浅浅的裂痕。找来几个干净的腐乳瓶，先放入一层人面子，接着铺上一层黄冰糖，如此反复。泡了两天之后，瓶子里面全是橙黄色的糖水，奶奶将糖水倒出，放锅里煮沸，待糖水凉了之后再次倒入瓶里面浸泡果子，这时要加入一片姜和微量的盐，姜的作用是去除人面子的寒性，而盐则让人面子吃起来更加入味。

泡了一个星期的人面子便可以开封了，凉果的色泽如炒熟的西湖龙井茶叶，黄绿黄绿的，闻起来酸，品起来又甜脆。这时奶奶便会把人面子分给我和弟弟妹妹吃，为了留住我们的快乐，奶奶每次每人只分两三粒，隔几天分一次，一直吃到新学期的伊始。这事被我称为"分批的快乐"，并曾经以此为题写过一篇作文。记得有一次，我在上学的路上吃人面子，吃完后剩下一颗果核，百无聊赖之际便拿来端详一番，上面三个凸起的小圈圈，如孩童或抽象派画家绘的人的双眼和嘴巴，从此方知"人面"的叫法源于它的果核。拿到班上玩，同学说那造型像个丑陋的外星人。可人们爱把"人面"写作"仁面"，我相当不解，因为无论如何我也无法在那狰狞的面目上品出"仁慈"来，该不是为了图个好意头？这做法实在是画蛇添足。

我读高中的时候奶奶因为中风去世了，她去世后我们清理她的遗物，在一柜子里发现了一瓶人面子，这是她遗忘的一瓶，不知何时浸泡的，早已变了质。我看着那瓶子，眼前便浮现起了从前的一个午后，和奶奶到那两棵人面树下捡人面子的时光，禁不住潸然泪下。

在我的印象中，人面树很特别。树头粗而矮，呈三角状，侧着看宛如一只巨大的鹅爪；树枝多且壮，蜿蜒曲折；是写生的绝好素材，我见过本地一位画家画的水墨人面树，沧桑幽静而古雅，很有苏派盆景的风韵。

说到人面树，方圆两百里，我们镇子的该是鼻祖了，其他地方虽也有种植，不过都是新近几十年的，少有数百年历史之悠。人面树非常"烂生"——要不也不至于活上几百年不倒——但挂果却需要数十年之久，一旦挂果便年年挂。在我们这里，民间流传着一个传说，说人面树必须在大人的指挥下由小孩种植，待大人死去，树吸收了死者的魂魄方能结果。这传说恰恰说明人面树结果之漫长。

因为听老人说人面树吸收过死人的魂魄，小孩都不敢爬那树，镇子里也确实有人因为爬人面树摔了下来，落下了终身的残疾，还有五六个人在那上吊而亡。大人便绘声绘色地说爬上树会被鬼魂迷惑住，从而摔下来，以此吓唬小孩。不过，有人却不怕。

有一年暑假，该是就要上初二了。我又到崩坡下去捡人面子，在那遇到了一位小学同学，我们在一起读过两年书。原来这位同学的家就在树的旁边，不知何故，他并没有上初中，我放学路上常常见他在一小卖部里闲坐，眼睛眨也不眨地盯着过往的路人看——他不去做工。这位同学就爬人面树，他高瘦的个子，满手脚伤疤，爬树很是利索，像猴子般，他叫我上去，我不敢。倒不是相信树有死人的魂，而是之前在附近爬过龙眼树，不想那龙眼树枝咔嚓一声断了，我从两米高的地方摔了下来，幸好是双脚落地，底下又有草丛做垫而有惊无险，每次想起这事我都感叹捡回了一条命，可谓一朝被蛇咬十年怕井绳。

同学后来不到二十岁就结了婚，婚后不久却出了问题，神神道道的，女人也跑了。那时我父母在市场里卖菜，有一次我去市场路过粮站背的算命街，见他的母亲在找鬼婆问她儿的命运，我凑过去听了下。鬼婆说她家的位置"祸龊"（祸龊为方言，和龌龊近义，表示不干净），她儿的脑子被一些孤魂野鬼缠住了，不论如何治疗都好不了，因为他的命运注定如此。鬼婆要她回去买些银宝蜡烛到人面树下烧来辟邪，他的母亲言听计从。从此我便对家乡人的蒙昧深恶痛绝，我很清楚，她儿的病根是染上了吸毒和赌博的"爱好"，却不想着去摆脱这些"爱好"。

奶奶离开我们已经很久很久了，我时常会怀念起她以及她腌制的人面子，还有镇子里的那两棵苍老的人面树，不知它们是否安好？我的那位同学，现今是彻底疯了，有人几次见到过他光着脚，衣冠不整，在街上跟跟跄跄地走着，一会骂骂咧咧，一会舞手弄棍。

这所有的回忆，味如人面子，酸酸的，甜甜的。

红日映绿萝

儿子放了暑假，我也就省下了接送的时光。早晨我习惯到书房里坐一会，躺在那张掉了一边扶手的皮椅上，懒散地舒展着，随手从凌乱的桌面拿起一本书翻阅。

书房有两个大窗，其中一个在东面，朝阳冉冉升起的时候，和煦的阳光正好落在墙角的一株绿萝上，我一抬头便是望到它——红日映绿萝。

这绿萝有十五六年的历史了，那年我弄了个小公司，开张前买了三株绿萝和两株发财树，其中四株后来都枯死了，只剩下这株绿萝。公司解散后我便把它搬回了家里的书房，偶尔浇浇水，甚少打理，可它依然顽强。

一缕阳光透过窗户的玻璃映在绿萝上，巴掌大的叶片上闪烁着淡淡的红光，似轻轻一吻，红光从绿萝的发梢向脚跟缓缓移动，最后不见了踪影，整个过程只有几分钟。这几分钟我倘若在书房里，必凝望之，眼前斑驳陆离，我认定这几分钟是属于我的几分钟，也像是人的一生——它总是让我想起远方，远方的外婆……

外婆家也有一片绿萝，是的，是一片不是一株，种在院子的围墙边，墙的外边是一个不大的池塘和几棵龙眼树，花鸭子在池塘里嬉戏着。绿萝往墙上攀爬着，形成了一片"绿墙"。

记得七八岁的时候，该是这年的春节，妈妈带我去外婆家，我可开心死了。那时，去外婆家于我算是一件欢天喜地的事，我总惦记着那里一些好吃的、好玩的，还有一群和我年纪相仿的表兄、表妹，回来时大包小包的糖糖果果，收获满满，比如今去商超购物还不知满足多少倍。

外婆家在高州县（现为高州市）一个农村。我们出发前要提前一天从大八山里面步行三十里路，到塘坪圩我姑姑家住一晚，第二天天还没亮我们便点着火把，到圩镇上坐班车上阳春，再从阳春坐四小时的班车到达高州县城，这时已经是下午四五点了。晚上在县城的亲戚家住一晚，第二天再去外婆家。那时，去一趟外婆家，足足要两天两夜。

外婆异常佝偻，瘦小的身子驼着一个弓一般的背，平日不停地絮絮叨叨，该是在骂她那群还不懂事的孙子，我——外孙——从来都不是外婆训斥的对象。刚到外婆家，外婆问我饿不，我点点头，不敢作声，因为怕生。片刻，外婆便打开米缸盖，从里面拿出些印有一个红点的籺（一种叶饼，粤语发音同"@"），放到锅里蒸热，分给我和围上来的表兄妹们。那是我出生以来吃到的最香的东西，简直就是天地间原始的芳香。吃完第一个籺，表兄们又缠着外婆要吃第二个。"没了没了……回去回去……"外婆呵斥起表兄妹们，赶他们出了屋子。见他们跑远了，外婆才悄悄地从锅里面再拿出一个籺塞到我手上，说："这是留给我囡（指我母亲）吃的，给你吃……也相当于给她吃，你吃吧。"我不知所措，妈妈看了看我，点了点头，我这才接过来。——外婆该是看出了我喜欢吃那籺，在山里我是从来没见过籺。

以致，后来，外婆家的籺，以及籺里散发出的那股难以言说的芳香，一直使我魂牵梦萦，只是围墙上的那片绿萝，显得无足轻重。外婆已经去世二十多年了，这期间我去了好几次舅舅家：外婆不在了，绿萝不见了，粒的芳香已杳杳而去。

卫国青梅

这是诗一般的旅程，我见到了梦中的青梅，它的翠绿与清纯，仿佛让我回到了青春年华。

两年前就决定为青梅写点文字，但总觉得我对它还不算熟悉，也就未曾着紧，时间一天天地过去，但我始终未把此事忘怀。

说来甚是惭愧。早在十几年前我就略知卫国梅花的名气，那时我还在经营着一个摄影网站，每逢元旦前后，当地的一班摄影爱好者便会结伴前去卫国采风，用镜头记录梅花的风姿与傲骨，从他们分享的图片中我隐隐约约知道了"卫国"这个地名。然而可笑的是，我只知道卫国有梅花，却不知卫国还有青梅，直到五年前我都还不晓得青梅就是梅子，梅子就是梅花结的果子。

人有时很是怪诞，平日不屑一顾的玩意，再经人一提起，瞬间又变得肃然起敬了。

五年前我第一次去卫国，那是妻弟接新娘子，要我做一回车夫，这时已是入秋的季节了。在卫国，和亲友的交谈中我方知此地盛产青梅。梅花开于元旦前后，近清明时节其果子便渐渐成熟，人们称那果子为青梅，又或黄梅。那次，亲友赠我一支用矿泉水瓶装着的青梅酒，酒的色泽如同岭南一带刚开采的鸭脚木冬蜜，呈现出通透的浅琥珀色，我拧开瓶盖用鼻子嗅了嗅，一股醇香的酒味扑面而来，尽管不爱饮酒，我还是欣然地接受了。此时在我的脑子里青梅确还是一件很新鲜的事物，对它的好奇就如同三岁孩童之于一款新上市的玩具。

而后，那支醇香的、酸酸甜甜的青梅酒早已被一饮而空，我都未曾见过挂在树上的青梅子。2017年清明节前夕，正是梅子渐黄时，我终于决定再去一趟卫国，欣赏一番这些心目中的尤物，出发前的那番感觉就如同即将要邂逅一位体态端庄、笑容可掬的初恋情人。

从我住的地方到卫国足足有一百公里，早上八点驱车出门，十一点才抵达。半路在合水镇停留了片刻，买了一小腿猪脚和一些水果，这是给接应我的坤叔的一些见面礼。前一天海鱼儿（我爱人）几次三番叮嘱我要买些手信过去，别失了礼，我本打算带些自己平日售卖的山货，海鱼儿说人家坤叔就是山里人，不稀罕这些。而我一时又没什么头绪，只好在半路上买了这些。话说回来，如今城里人走亲探友是少有会买猪肉过去的了，而在我的记忆里，小时候亲戚来访会顺道在圩镇上捎带些猪肉来，这次我不过是效仿了前辈的老传统。见面礼的事我后来一直没敢和海鱼儿提起，倒不是怕人说我孤寒，而是惧怕被赋予与"时髦"格格不入的"土气"名声，似乎我是个老古董——也不过只是图个方便。合水的钵子糕我早就有所听闻，看着令人垂涎欲滴，忍不住吃了两碗，之后才匆匆赶路。

我在一个紧挨着卫国的村子和坤叔接头。这村子不大，名字却很大，叫"大地堂"，到处绿树成荫，悄无声息，四周被大山环绕，就如同一个熟睡的婴儿安静地躺在母亲的怀抱之中；村子面前有一条三四米见宽的小河，水浅草杂，甚为清澈，可一眼看到正在欢快游动的小鱼；只是觅来觅去都未发现有大的地堂，仅有的一个地堂看起来也算不上"大"，四五间房子的面积，也许周围村子都没比这大的了，它才算得上是"大"。

坤叔招待了我一会，说吃了饭就带我去摘青梅，而我早已迫不及待，坤叔也似乎看穿了我的心思，叫坤婶先停下手上的活，尽快把猪脚汤熬好。等待那锅柴火猪脚汤的时候，我和坤叔在准备一些摘青梅要用到的网子、箩筐、蛇皮袋之类的。梅子林在村子后方一座大山上，我跑到屋子晒棚顶上看着近在咫尺，坤叔却说要爬三里左右的山路……那天那顿猪脚汤我不知坤婶加了何种药材——好像坤婶说过我却不记得了——和我在家里饮的味道不同，特别香甜入肺，我饮了好几碗，饱饱的，这爬山也应该有力气了。

坤叔年过花甲，白发苍苍，穿着一件满是褶皱的蓝色旧衬衣，身子瘦小却硬朗，精神依然抖擞，那样子让我联想到"鹤发童颜"这个词。他挑着一担箩筐健步在前面，我则拿着那个长长的网子跟在他的身后，走在蜿蜒曲折的、两旁长满了铁狼萁和芒草的山

间小道上，那刻有一种莫名的兴奋，如同有人即将引领我进入陶渊明笔下的桃花源一般。

约莫一刻钟的工夫，我们来到了一个稍矮的山坡，只见面前是一片密密麻麻的梅树，多得没人说得出数量。这些梅树好像以前见过的李子树，枝繁叶茂，并不算高，站在地上便能摘到果子。也许是早上一场细细的春雨，使得眼前的一切，绿的变得更绿，青的变得更青，让三月的春色越发浓郁。那树上满满当当挂着的就是青梅，压着树枝直往下沉，果子青色的皮肤渗透着淡淡的黄，沾上水珠如同碧玉般翠绿欲滴，无论远看还是近观都像极了还没成熟的青李子，只是个头普遍比李子小一圈。我垂涎欲滴，不知吞了多少回口水——总算弄明白了"望梅止渴"的来历——便摘了一颗青梅，咬了一口，啊——咦——从没试过这般的酸，这般的涩。坤叔早已告诉过我，青梅主要用于加工或浸泡，不能当水果吃。青梅的品种诸多，坤叔说我方才吃的是青竹梅，还有粉白梅和番薯梅，这些我至今都分不清，总之味道都一样，酸涩得令人牙根发软，一颗都难以咽下。

半天时间不可能将这里的青梅摘完，我和坤叔只好选一些个头较大、成熟度较高的青梅摘下，剩下的让它再长一段时间，卖给前来收购的食品厂。大约花了一个时辰吧，我们在这小山坡就摘了两大袋青梅，每袋有五十斤上下。下晌我们又转移到另外一个较高的山坡，坤叔说那边有更多个头大的青梅。

那个高的山坡就在小山坡的旁边，可是中间隔着荆棘林莽，无路可通，要下山再兜一个大圈才能抵达。一阵子，到了那高山坡的半山腰，久未运动的我已经气喘吁吁，看来那几碗猪脚汤并未发挥效力。梅林就散落在这里。这边的情况完全不同，大部分梅树都有一两层楼那么高，人要爬上去才能摘到果子。坤叔说这些树是二十世纪八十年代种植的，已经有三十多年的树龄了，平时不用料理，不曾喷药施肥，完全是自生自灭。

坤叔虽然年纪大了，但爬起树来不输年轻人，蹿上跳下的，如同一只猴子。他不许我爬树，说树枝细小很容易折断，我只好在树底下帮忙把他摘到篮子里的果子递到地面。不一会，坤叔攀到树的边沿，把树枝压得像把弓，见这情形我心里为他捏了一把汗，不小心摔下去那可不是开玩笑的。结果坤叔笑着对我说："没事，我爬了几十年树，有分数（方言，意为有把握）的。"坤叔还说，其实他并不乐意卖手摘果，而更愿意卖棍打果，虽然棍打果的价钱只有手摘果的一半，但打果速度快，没那么辛苦，手摘的话两人一天摘不到三百斤，而棍打的话可以超千斤。坤叔边爬树摘果边与我聊天，他教我如何保存青梅，如何泡青梅酒，如何做青梅酵素，他就像课堂里谆谆教导的师者，让我得到许多闻所未闻的知识。

在我看来，这位长者只不过是头发白了，心态和活力却依然是年轻人，如今挑近百斤的青梅还能走两三里的山路，该是劳动让他保持了生命的青春。最令我难忘的是，坤叔对我说："我的父母都活到九十多岁，人这辈子，快乐就好。"快乐就好，这是多么朴素且富有哲理的一句话，没想会出自一个村夫俗子之舌。有时，我们真的太自以为是了：你觉得别人干得辛苦，可人家觉得快乐就好；你觉得搓搓麻雀、看看戏才算休闲，可有人觉得动动手脚、爬爬树也是休闲。

是的，快乐就好！芸芸众生，快乐地活着才是人生的真谛。

那年之后我每年都要去卫国摘青梅，回来泡青梅酒，做青梅酵素，然后出售，对一种果子我从未有过如此认真地倾注情感。当我真正理解青梅以后，我才明白酸涩并不是它的缺点，而恰恰是它的优点。——它在一片荒山野岭之中，冬来傲骨凌霜，春来孕育生命，夏来凝聚果实，秋来休养生息，历经了沧桑最终铸造出精华；而看世间，熙熙攘攘，不过一场浮华。

卫国的青梅，从梦中而来，到梦中而去，我是那个真心喜爱、欣赏你的人。

给岁月降降温

谁说岁月没有温度?

岁月还会发烧呢!

我的岁月就发过烧,

现正降温中。

金银花开的季节

在城市里面住的时间长了，缘于钢筋水泥的阻隔，日月季节也就变得模糊了。

每天送小孩上学，我常常会问他一句今天是星期儿，周末我本也是不清楚的，只有见到身边的人不用上学、上班了，方知是周末。季节也照样如此：夏日里房间开了一夜的空调，早晨冷飕飕的，以为已经入秋；冬日里，在马路上等着红绿灯，呼吸着污浊且呛人的汽车尾气，心里却又似乎正处于夏暑。我们身上沾染了过多的工业元素，已经和大自然失去了友好的联络，在这种断舍之中心灵与眼眸被渐渐地迷惑了。

儿时在乡下——闻到一阵随风飘来的稻花香，便知是一日之晨；见到远方袅袅炊烟，便知是一日之夕；听到山间布谷鸟"布谷布谷"地叫，便知进入春耕的时节；遇到野外金银花开，便晓正处三伏天。那时接收的都是大自然的讯息，是那么地亲和而富有情怀，现在是不能了，那些生灵都被阻隔开来了，剩下的是一堆冷冰冰的机器在身边运作。

昨日有位友人对我说，中秋节又快到了，我听闻后惊愕了。他接着解释说，已经看见有人在微信上卖月饼了。原来他那秋天来临的讯息来自正在网上出售的月饼，让我不胜感慨，曾几何时，我们秋天的讯息是来自河岸茅草的渐黄，来自榄子的乌黑，来自松果的脱落……我笑了笑对那友人说："我们的季节已经藏在手机里了，变得可有可无了。"

我老家房子背后是一片树林，那里长着许多野生的金银花，记得有一次爸爸带我去摘金银花的时候，他对我说："金银花开的时候便是一年之中最炎热的日子。"从此，在我的认知里，金银花开时便是夏天，夏天便是金银花开时，这已近乎成为我的圭臬。

有一年，我曾在后背山折了一枝金银花到城里种，好让我清楚最炎热的夏天什么时候来临，也让我欣赏它那黄白相衬而散发着淡淡芬芳的花朵，继而品尝它甘甜的茶水。我把那枝金银花插到一个荒废了许久的花盆上，那上面曾经种的是一棵发财树，营养非常充足。我把它置于阳台上，每天浇水，早上看着它的雨露，晚上看着它的微笑，它果然活了，冒出了一片片新叶来。可还没等到开花，它就在这年的冬天里枯死了。我想应该是它适应不了那充满了养料的肥沃土壤，它来自山里，魂还在山里，也应该长在山里，它融入不了这纷繁复杂的世界，是我把它束缚住了，因此它不辞而别，这之于它是一件虽死犹荣的事。

金银花开在它的故土上，我又只能回到手机里，回到周围那些冰冷的机器里，去感知日月季节的更迭。我无数次努力地去说服自己，冬去春来了，春去秋又来了。我麻木地接受着大脑发出的一切指令，却离那朵花、那座山、那片水，愈来愈远。

人生的河流

我坐在小河边的草地上，静静地看孩子们在水里玩耍。

小河里布满了鹅卵石，只是不像从前那样光溜溜了，该是岁月沉淀后的样子，涂了一层泥土。孩子们欢快地玩着，忘了周围的一切，也忘了河岸上的我。

河岸的对面是一片桉树林，那桉树笔直得似斑马线，高高地矗立在那里，连接着天地——比孩子高出许多许多。

这条小河，我做孩子的时候每天都要经过，那时的河水可深了，水流也很凶猛，离得老远便能听它冲击石块的汩汩声。

一位穿着红衣的小女孩，捡起了一块鹅卵石，用力往上游抛去，石块画出了一条条弧线，弧线形成了巨浪，巨浪一阵一阵地涌向我，我如同一块礁石，直面着它的冲刷——无数次的冲刷，过了几十年。

我也有过孩子们这般无邪的童年，只是它如今早已消失得无踪无影。——这是一条人生的河流，渐渐流淌，渐渐远去。

我有一种幻觉，幻觉里，我如同闲云野鹤般在一条静谧的小河边徜徉，累了，我就躺到一块冰凉的巨石上，一口一口地饮着这河水。

啊——在这条人生的河流里，我们觊觎的怎么反而是繁华落尽，回到一个极简的世界里？这个极简的世界，只有天，只有云，只有水，只有大石块，那是一份被誉为"枕石漱流"的天光。

人生的河流，是一条被嬉戏过的河流，是一条缓缓地附着泥土的河流。倘若人生又能回归极简，小河便是你的天地，流水便是你的知己，大山便是你的终点……

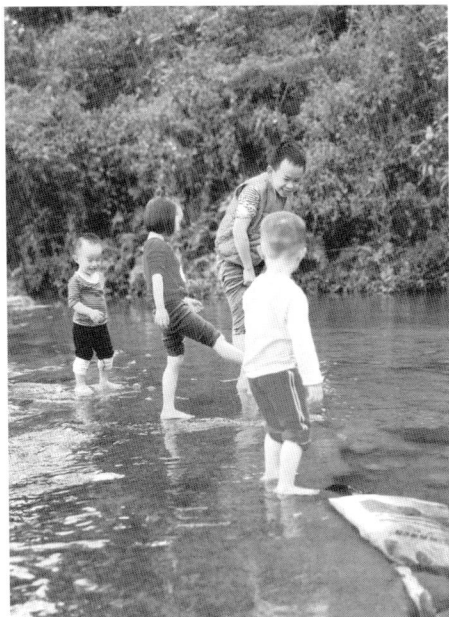

莫让那片晚霞"润"掉了

两三个月前，我在网络上学来一个新词"润"，它是由"run"演变而来的，意为跑路。润，西文中读。

三伏天酷热难耐，晚上便常常会出去走走——看晚霞。

在这小城里，我发现了一个看晚霞的绝佳位置，且是人们不以为意的位置，那是离家不过几百米远的一个小山坡，说出来免不了会被冷嘲热讽——"咳，你好像没见过晚霞一样。"可在那里赏晚霞于我确有几分不一样的滋味，不同海边、山上的晚霞，背景一成不变，寂寥而单调。这里的晚霞大不同，它静静地覆盖着一片住宅区，住宅区里虽没袅袅炊烟，却见稀稀的行人、车辆在道路上移动，偶尔一阵鸣笛声，动静两相宜，这才是人间烟火味啊。还有一排高高的狐尾椰似乎触到了天边，形成了一个黑乎乎的剪影，掏空了彩霞，时不时摇曳着。小城里的彩霞，彩墨交融，徐徐落幕，美丽而凄切，我不由得想起了马致远的那句"枯藤老树昏鸦，小桥流水人家，古道西风瘦马"。

发现这一景致有好几年了。几年了？不记得，可以肯定是疫情前，也同样是炎炎夏日，那时我还约了几位朋友过来欣赏。这几位老朋友在疫情之后便甚少见面，日久情疏，如今也就不再打扰他们了。我听说过一些他们的境况，感到了人生的无常、世事的变幻。

有一位朋友生意失败，房子车子被法院拍卖了。

有一位朋友的女儿得了一种我听都没听说过的病，焦头烂额。

还有位朋友离了婚，独自带着一个刚上幼儿园的小女孩。

我是没多大的变化，除了白发多了些，一只眼睛近了视，此外就是会静下来，写点东西。他们都看我的朋友圈，应该清楚我这些改变。他们的事我可是在他们朋友圈看不到的，那都是听身边人说才知道，毕竟不是什么好事，没有广而告之的必要。

"快，不要让那片彩霞润了。"我推着坐在童车上的三岁小儿子，对他说道。

儿子不知所云，却回了句："嗯，不要润了！"

早一天我就和儿子约好第二天要去那小山坡看彩霞——老朋友不约了，约的是这位新朋友。才过去了三年，环顾四周，竟然沧海桑田，物是人非，我知道朋友的疏离是一种常态，只是没想来得如此之快。我想起了几年前的那个傍晚，我和那几位朋友盘膝而坐，在山坡的草地上谈生活，谈政局，谈未来，这一幕幕却润到了脑海里，再也出不去了，就像石块掉进了大海。

尽管还可以约他们去看晚霞，可是已经不合时宜，他们不会有那份闲情逸致了。听说，将时钟回拨到从前，朋友便可再次相约，可回拨到从前，磨难还不是同样会发生，世态还不是一片茫然，这无法阻挡啊，又何必反复煎熬呢？

在人生的岁月里，要润掉的东西太多了，时光、健康、财富、友情、爱情，这些都要渐渐润掉，最后自己也消失得无影无踪。只有那晚霞，那凄切的美景，我们快走一步，就不至于让它润掉。

暮色降临，彩霞散去，我和它又相约在第二天。

秋　雨

秋天是个思念的季节，秋天的雨就是那思念过后的泪水。

何时方为秋，我的认识是模糊的，有落一叶而知秋的说法，有"秋"便是禾谷如火般金灿时的说法，还有天空变得又高又蓝便是秋的说法。立秋算不算秋天的开始，众说纷纭，我却以为不必执拗于现行的规矩，至夏末，天气渐渐转凉，那便是秋的伊始。今年的立秋就是如此，刚过两天身上便感到了阵阵寒意，这是秋天发来的最真切的讯息，尽管树叶还是那么青绿，天空还是那么低矮。

春夏秋冬，我偏爱秋，在我过往的许多文字里，秋天占据了大多数。夏日的酷热，冬天的寒冷，都是难以令我爱上它的；春天茵绿明媚，万物焕发着生命的青春，可我偏偏又不喜欢那梅雨天气，田地间，草丛里，地板上，到处湿漉漉的，让人少了几分触碰的冲动。而这些唯独秋天没有，偏爱秋天，除了因为它给人格外的清爽明净，也缘于它还是一个思念的季节。思念为何如此重要，那是因为人所能做的便是憧憬未来和思念过去，而未来是朦胧的，只在一瞬间泛起，过去则是确切的，那个过去的人，那件过去的事，往往塞满了脑海。

我是一个没有时间观念的人，哪日是立秋，我更是不大去关注，只是这天早上起来的时候，似乎和往常不一样，一股宛如从深山幽谷中飘来的空气在周围游荡，我想是不是秋天到了，看了下手机上的日历，果然立秋已经过去了两天。家对面的邻居门前有一棵樟树，我在窗户上望去，已经起了风，樟树的叶片在风中微微摇曳，周围很安静，街道很整洁，却没有行人，这刻有一种莫名的孤寂从心里油然而生——没想到这么快就已经入秋了。

下午三点多刚要出门到离家不远的市场买菜，天就下起了毛毛雨，纤细的雨被风吹得七零八落，我拿的那把伞的骨架原来是坏的，抵挡不住轻风，便收了起来。我沐浴在秋日的细雨之中，任由轻柔的雨花吹到脸庞上，没想秋雨落到身上是如此舒畅，它仿佛要给我进行一次心灵的洗涤，把心里的苦闷与忧愁都一洗而净。

如果秋天是一幅画，大地便是纸张，风便是画师，雨便是油墨，而我们则是给这幅画赋予思想灵魂的那个鉴赏者，要尽心地去想象，尽情地去赞美。我脑子里出现了这样一番情景：同样是这样的风，这样的雨，在一片广袤草原包围之下，我和我的爱人撑着雨伞，在一条木块架设的长廊上轻轻漫步，芒草在招手，雨敲打着伞，我们看着远方逶迤的流云，从山与山之间的凹处不停地游走，然后我们转过了好几道弯……

夜里，风大了，雨也大了，窗外是一阵阵风雨呼唤声，周围一片漆黑，儿子依偎在我身边，要我抱着他，随之他在我的怀抱中渐渐入眠。儿子是没经历过风雨，对风雨自然充满了恐惧，人却因为能经历风雨而更加坚强，只是泪水比歌声更容易涌动，就少有人会认为风雨也是一幅美丽的抒情画卷。

小时候，父母外出务工，我和奶奶住在一起，那是一个阴暗的泥墙瓦砾房间，平日邻居的猫常常在屋顶上行走。有一年也是秋天，我记得很清楚，因为那时正是暑期的最后几天。一天夜里刮起了风下起了雨，屋顶被揭开一个小洞，雨水滴滴地落了下来，正好落到了我们的床上。奶奶找来一个平时到井里打水的铁桶，放在床上水落下的位置。那一夜，我听着外面的风雨声，和床上固定频率的叮叮咚咚，想念起了阔别已久的父母，身上感到特别地寒冷，特别地孤寂，随之眼前是一片的迷糊，泪水化成了雨滴。那一夜，我不知我是怎么入眠的，但那场秋雨告诉了我，风雨是凝聚在每个人内心中的泪水，只有经历过风雨，抵挡住它的肆虐，才能感受到活着的美丽。

2022 年的第一场秋雨，足足下了两天两夜，它为这个秋天泼下了第一道浓墨。但是，在这个城市里，又有多少人有闲暇去为这幅画卷喝彩，为它抒情呢? 秋雨停了，风也停了，惨白的街灯、滚动的车轮、忙碌的脚步，这些都在渐渐明晰，而我们的光阴也在不知不觉中慢慢地逝去。

海岸传来风铃声

一个暮色西沉的傍晚，我和妻儿来到了海陵岛北极村的一片滩涂拾捡蛤蜊。

车子停在高高的海岸边，刚下车，眼前便是一个饱满而红润的大夕阳挂在海平面的上方，它正用它的余晖涂抹着滩涂、大海、道路，还有众多游人的脸庞。各种叫卖声、吵闹声接踵而来，心里却又异常安静，我进入了一个金灿灿的世界，仿佛是童话里所描绘的画面，旖旎而梦幻。

这里的海风比其他地方都舒适、柔美，让我的思绪一直平伏。

也许，在每一个人的心坎里，对美的定义都是受到他的乡土情怀影响的——家乡的夕阳始终是醉人的，家乡的海风始终是柔情的。

正当我们走在海岸上，远远传来一阵铃铛声，一个卖玩具的老妇向我们走来，她高举的一只只风铃正迎风摇摆，发出清脆的铃铛声——美妙的乐曲。"小朋友买个玩具吧。"老妇向孩子兜售起她的玩具。

孩子们显然对风铃没有兴趣，他们买了水枪，我则花了八块钱买了个日式风铃，一个透明玻璃罐做成的，罐壁里面画着两朵红色的巨大花蕾，底下的木吊牌一面写着"平安幸福"，一面写着"且听风吟"。这不由得让我想起了村上春树的《且听风吟》，他的那句"没有十全十美的文章，正如没有彻头彻尾的绝望"是我最为推崇的，一度成为我学生时代的座右铭。

绝望来自人内心中最里一层的卑微，只要外面包裹严密，抵挡入侵，绝望便不会迸发而出。绝望仅仅是人瞬间膨胀的泡沫，将悔恨、恩怨、失落、挫败都抛至九霄云外，回到孩提时最单纯的初心，绝望就犹如泡沫，一戳即破。绝望之际，不妨听听那风的吟唱。风是一位忠实的倾听者，它理解你的苦闷，体谅你的处境，是你的挚友；风还是一位艺术家，它奏响风铃，发出悦耳且亲切的音乐，给你带来凉意或温暖。

因此，我们该感谢风，风铃也不例外，倘若没有风铃，便不知风的美妙与温情。

我曾经也有过一只风铃，那是二十多年前的事了，我还在海口工作，我们几个男生和女生到海口的万绿园通宵达旦地玩耍，在岸上烧烤，在海里畅游。清晨分别时，有位女生送了一只风铃给我，那位女生有个很好听的名字——晓君，我至今都还记得。那只风铃第二天被我扔到房间里一个不起眼的地方，我并不喜欢它的声音，烦人得很。在我离开海口之时，我并没有带走晓君送我的风铃，而是让它孤零零地躺在岛上，身上还沾满了一层尘土。

我意识到风铃的美妙，是在一个又一个黑夜之后。在我失落迷惘的时候，我独自坐在海岸的一块大岩石上，思绪万千，怅然若失。一个小女孩拿着一只风铃从我身边走过，在风的吹奏下，那风铃"丁零丁零"地击打着。风铃声迎风而起，随风而落，节奏时快时慢，时急时缓，动人而婉转，在巨大的海浪声中显得格外微弱，却能勾起人无穷的思念。

海岸再次传来风铃声，那是风的影子，是风的语言，是思念的源泉，是生命的赞歌。放慢我们的脚步，敞开我们的心怀，去好好地听一听吧。

在雨中爬过丁字路口

　　出门时天边乌云密布，阳光正以惊人的速度从城市上空撤离，我开车到工业园送米酒，欲赶在大雨来临之前抵达。

　　可天公不作美，半路上下起了倾盆大雨，雨刮的速度被我拨至最高，前方却依然朦胧，两旁的车辆呼啸而过，溅起了巨大的水花泼向了我的车窗，他们似乎比我还忙碌几十倍。不一会，车子抵达了一个丁字路口，等着红绿灯，那是一个漫长的红绿灯，足足要等五分钟之久，这个时间足以洗完一个澡，或吃完一个早餐，或看完一篇文章。而这些我都暂时不能做，只好盯着眼前那像被抹了一层油的信号灯，心盼着它快一点发绿，我好狂奔而去。至于雨景，那不能称之为景，看不到雨的样子，在沉闷窄小的空间里只有雨滴敲打车身的砰砰声，听着反而让人心情越发芜杂。车外行人行色匆匆，他们的样子我从来都不曾留意过。

　　正当脑子里一片空白，只剩下急躁之际，斑马线上出现了一个特别的身影，她的出现就像欢快斑斓的锦鲤堆里，突然游过来一只黯淡笨拙的乌龟，打破了眼前的画面。她驼着一个近乎九十度的背，身子瘦弱得只剩下骨架，撑着一把巨大得与她身体不匹配的黑伞，从我车窗前的左侧向右侧缓慢挪动。我看不清她的面容，但她走路的姿势很令人揪心，半步半步地走，每走半步就站立片刻再出发，这是一位行动不便的耄耋老妇。

雨不停地下，横扫着大地的一切。老妇的样子就像雨中一只残破的风筝，长长的尾巴不见了踪影，蒙面的纸裂了好几道缝，形销骨立地在空中颤抖，即将要摔到地面上。

老妇生怕绿灯亮起，她用尽了全身的力量，调动着每一根骨头，在雨中艰难地挪动着。她每踏开一小步就要歇一口气，仿佛在即将要被雨水冲走之际，猛力抓住了一根树枝，竭尽全力地求生。

老妇的出现让我内心难以平静，我眯着眼注视着她，她每走一步都深深地震撼着我。我从没见过有人走路需要花费如此之大的力气，一些人轻而易举就能实现的事，对另外一些人来说却难于登天，正如有人吃着快餐都觉得幸福，有人吃着鲍翅还嫌塞牙。

老妇一手吃力地撑着雨伞，雨滴把她的伞打得歪歪斜斜，几乎要倾倒，另一只手努力地抓住一把塑料红椅子——是那椅子支撑着她的身躯，承受她的负重。椅子看着也只有骨架，像极了她，两者俨然患难之交。

看着老妇步履维艰的样子，时间一分一秒地过去了，这一刻变得缓慢了许多。我盼着红灯别那么快熄灭，等一等这位白发苍苍的老人，她不是外人，正是我们自己，是我们未来的样子，我们三四十年后要经历同样的窘况。

五分钟确实够长的了，足可以让这位老妇人安心地穿过这条马路，当她"爬"到了对面的行人道时红灯依然还亮着，我心里感到一阵欣慰，要是红灯突然变绿，老妇一定会在一阵鸣笛声中变得手忙脚乱。刚才的景象，除了老妇，周围的一切都被定格，都停下来等待她那缓慢的脚步。

晚上我又想起了那个无助的老妇，心情很是怅然，伤感自己也会有那么一天，尽管计算起来还有一段相当漫长的时间，可过去的几十年不也是一眨眼就过去了吗？这过去的时间里，我都在努力学习，努力工作，努力去维持这个家庭，不敢有半点的松懈，可不解的是我的努力最终等来的会是老妇这样的结果。难道我过去所做的这些努力真的不叫努力，而叫劳动吗？

年轻时我读过一本叫《挪威的森林》的小说，我清楚地记得主人公渡边和他的好友永泽之间的一段对话。

渡边说："在我看来，世人都在辛辛苦苦地努力工作啊。"

永泽说："那不叫努力，那只是劳动而已。我所说的努力不是这样的。所谓的努力，应该要有主题，更要有目标。"

永泽说努力应该有主题，更要有目标，可我们的主题是什么呢？不就是养家糊口吗？不就是每天通过工作来换钱，再用钱来吃饭来娱乐吗？我们的目标，是让自己和自己所爱的人生活得更美好呀！难道我理解有错吗？我所付出的这些怎么就成了别人眼里不屑一顾的劳动？

我不知我的一生是在努力还是在劳动，我抑制不住思绪的奔涌，也如一只残破的风筝，在风雨中颤抖。

草木的隽永

草木的一生是最不简单的一生。

许多年前我随影友到阳西的东水村摄影采风，拍摄的主题是东水的古法造纸。那是一条竹影婆娑的古村落，呼吸到的空气都带有一股淡淡的甘甜，如晨早起床后饮下了一道清茶，沁人肺腑。这里的造纸历史据说有三四百年了，鼎盛时期村子里有上千人造纸，我们去的时候却只剩下五六户还在传承这门手艺。

古法造纸的原理甚是简单，将竹子磨成粉浆，再用丝网捞起，晾干后便做出了一张最原始的黄纸。造纸的原理虽简单，但工序众多，而且都是体力活，更主要的是收益微薄，以至于现在的年轻人都不屑于干这种工作了。

这是一门被时代抛弃了的手艺，已经变得和草木一样微不足道，不为人所想起。

而谁又清楚，其实草木才是最隽永的，一张草木加工成的纸尚可保存数百年，但一个 U 盘少有能使用十几年的。最近我这种感慨更是刻骨铭心。那天我翻到了我 1992 年的日记本，足足三十年了，字迹依然清晰。2002 年的时候我就买了数码相机，拍了大量昆虫照片，可至今没有一张保存下来的——电脑换了好几批，存放在网上的连那网站都打不开了。幸好那时我给一本叫《昆虫记》的名著拍了配图，出版社给我寄来了一本做留念，如此我所拍的照片也仅仅只能在这书里寻得。我为此感谢草木，是它保留了我青春的记忆，而我们倚重的数码机器，却无情地抹去了我的一切。

草木本是最简单最原始的事物，它却能恒久流传，散发着无穷的能量，那是因为它有一颗伟大且纯洁的心，不会掺入杂质，始终以最真诚的一面展示于人，这便是它们不朽的缘故。反观那些纷繁复杂的事物，矫揉造作，百般装饰，以致寿命何其短暂。

很多时候，我都对那种简单的生活充满着无穷的期待，走路比开车潇洒，晚风比空调舒适，钢笔比键盘友好，青菜比龙虾脆爽……这些画面都会在我的思绪中闪动，可是人又很难抵御世俗的长矛——开着车那才叫神气，吹着空调那才叫舒心，敲着键盘那才叫先进，食着龙虾那才叫盛宴。我在俗与不俗之间徘徊，这种徘徊是折磨人的。

春节去省亲，亲友问我疫情这两年有什么收获，我回答说没有。只因在世俗的观念里，收获是指物质层面的，例如赚了大钱，换了新车，盖了新房，而这些我却都没有。至于物质以外的收获，倘若还是个孩子，尚可大大方方说自己考试得了一百分，可是人一旦世俗化了，即便有精神上的收获，都是难以启齿的，这种收获只适合通过文字去做独白。

人们已经走向了去简就繁的歧途，在筵宴的斑驳中狂欢，在光环的悬崖边攀登，手艺没人传承了，言语也变得内敛了。

我盼望自己有所收获，不必是缤纷的物质，就如草木的一生，卑微却纯粹，简单却隽永。可我们什么时候才能大胆地说出自己有这样的收获呢，我想，也许只能待到人不再俗、水不再浊的时候了。

给岁月降降温

读小学高年级的时候，有一天我看见奶奶在磨米浆，接着又搓煮烂了的凉粉草叶子，她是在做我们爱吃的凉粉。

我走到奶奶面前问道："婆婆，为什么夏天要吃凉粉？"

奶奶和蔼地说："夏天炎热，给身体降降温。"

"给身体降降温"，奶奶的话我永远都记得那么清晰，想起这话的时候身体里就充满着一股凉意。时间过去了三十多载，奶奶早就去世了，有一天我在厨房里做凉粉。三岁多的小儿子跑到我的跟前，天真地问："爸爸，吃凉粉有什么用？"

我抚摸了一下儿子的后脑勺，笑着说："吃凉粉，给岁月降降温！"

"给岁月降降温……"儿子丈二和尚摸不着头脑，只是反复地这样念着。

大儿子很好奇："爸，你乱说，岁月怎么可以降温？"

我边做着凉粉边解释："当然可以了，岁月就是时间，时间就是生命，生命是有温度的，世间万物都是有温度的，有温度的话自然就可以降温了。"

孩子们似懂非懂。然后我说起了我家书房里摆放的那盆高高的绿萝，我之所以要将它摆在书房里，不是为了装饰，也不是剥夺它释放的那丁点氧气，而是为了给岁月降降温。每每目睹它那翡翠般的绿叶，心里的浮躁和焦灼才能得以释然，它仿佛一片片孤舟，安抚着汹涌的波涛；看到它，我就想起那些过往的、一个又一个春意盎然的季节，想起和小伙伴到山坡上野炊，想起农耕时奶奶带我到田地里捡田螺，还有和表兄们到村子前的小河里戏水。正是绿意将我的岁月降了温，使夏天变得凉快，冬天变得温暖，我沐浴在一片和风细雨、花红柳绿的想象之中。

妻听到了，说我在乱弹琴，叫孩子们不必理我。这些玄妙，大人不懂，孩子就更不懂了。

我是坚信岁月有温度的，而且岁月还会发烧，正如人会发烧一样。我想到了一个读初中时老师讲给我们的故事。

从前有一个武者，他的父亲被仇敌杀害了，武者从小立志为父报仇雪恨，后来他花了二十年时间去寻找杀父之人，最终他才得知那个杀害他父亲的人早已死去，他便又决定去杀戮仇敌的后代。去的路途上，他在一个渔夫的家里借宿，渔夫问他要去哪里，武者把他要去报仇的事告知了渔夫。渔夫对他说："我捕到幼小的鱼虾，都要放生他们，知道为什么吗？"武者摇摇头。渔夫说："只为给自己一条活路。"武者听了渔夫的话，放下了心中的狂躁，放弃了报仇的想法，跟着渔夫打鱼，娶妻生子，过上了琴瑟和谐的生活。

武者这二十年岁月无疑是一段发烧的岁月，是渔夫拯救了他，将他的怒火掩熄，给他的岁月降了温，使他开启了一段美好怡然的人生，要不然余下的岁月，终将陷于冤冤相报的循环里。

在这个燥热的时代，吃着一碗爽滑的凉粉，我的心情也随之变得畅快，感受到了多年以前吃奶奶做的凉粉一样的凉意。我们到处去寻找那条让岁月变得温馨的钥匙，终其一生，心力交瘁，才发现那条钥匙就在自己的心里——越过恨的终点，回到爱的起点，给岁月降降温。

香樟之死

　　四年前，政府搞"创卫"，便在我们小区里种了一批绿化树，那是一种叫香樟的树，离我家门前不远就有一棵，这种树枝繁叶茂，生长速度也很快，还具有灭蚊的功效，是绿化的优良树种。2023年那棵树已经长至一层楼那么高了，可不知何故，前两个月，香樟的绿叶在一夜之间全部枯萎了。

　　香樟死了！左邻右舍的阿姨们因此议论纷纷，说这么好的一棵树怎么就死了，周围的树却好好的。有的说被前阵子的一场暴雨浸死了，有的说被小孩的尿液腌死了，有的说辞更骇人，说是被坏人用药毒死了，一个个都说得像煞有介事。

　　那棵香樟是我看着长大的，在二楼的窗户上一眼看到的便是它，在它枯萎的前些天，儿子还让我抱起他摘了一片绿叶，没想它却静悄悄地离我们而去了，心里免不了有几分怅然。香樟的死因很离奇，我看不出它的生存环境有任何的变化，我也只能猜它应该是患了某种疾病，而这种疾病我们并不懂。以前我认识一位年轻人，平日活蹦乱跳，并无异常，有一天夜里却在睡梦中离去了，原来他患有心脑血管疾病，这不是轻易从外表就看得出来的。这香樟估计同样如此。

　　我不由得想起了陆游弟子戴复古的一首短诗——

门外长河水，

有时鸣不平。

河边古樟树，

亦各有枯荣。

人事关时数，

春风莫世情。

贤哉沧海月，

夜夜一般明。

这是一首与樟树有关的诗，只记得这一首，之所以偏偏记得它，应该是它易记又好理解，诗里表达了作者对世事变幻的无奈感慨。一枯一荣，树如此，人其实也如此。一个人一旦过了四十岁，那么也就过了人生的一半，过了四十岁这个坎，体力、视力、记忆力这些都开始走下坡路了。我很是怀念四十岁以前的时光，说不上意气风发，却也没有一种渐入衰老的感觉。当有一天发现自己长了白头发，眼力也不好，爬个楼梯都要喘气，就发现不对劲了，该是老了。面对老却也没有什么法子，姑且只能用"正常现象"来自我抚慰一番，遗憾还是有的，便是前半生过得就像梦境一般迷离，似有似无。

像那香樟一样，人突然间说不行了，也不是没有可能的，人有旦夕祸福嘛，因此我也常常在思考这余下的、难以料说的人生该如何去过，起码不应该让它再像梦境啦。不但余下的人生不能再成为梦境，这过去的时光还得尽力去回想。源于这种想法，从四十岁的那年起，我竟然破天荒地做起了回想的工作，这是我过去从来都不屑去做的。我尽力地回想，想到多少便是多少，有时我止息了心灵的烦扰，脑海里就浮现出熟悉的一幕幕，我就会收获一种如获至宝的情愫。

那棵香樟死了，无人晓得它是否还会枯木逢春，我们都不愿把它移走，让它站在那里，盼着在一个和煦的早晨，从它的枝干上又冒出了稚嫩的新芽来。人们在等待，在期盼。

曾几何时

　　学生时代老师教我们作文，要我们记住一些好词句，譬如：光阴似箭日月如梭、阳光明媚万里无云、春蚕到死丝方尽、不经风雨不见彩虹、燃烧自己照亮别人……

　　这是同学们惯用的，我写作文和日记最爱用的却不是这些，而是"曾几何时"。——曾几何时我们一起漫步在校园的绿荫道上，曾几何时小荷才露尖尖角，曾几何时妈妈牵着我的手……

　　用着这个词，身上就有了一种老成持重的味道，似乎自己已经是一个饱经风霜的人了，充满了对世态的感慨，可那时我才不过十来岁。后来老师终于忍不住批评我了，说我怎么老用这个词，为了不再挨老师批评，我便寻找其他词来替代。那个寒假，我把所有和时间有关的成语都记了下来，第二学期写作文时换了一批又一批。

　　譬如，白驹过隙。

　　譬如，流年似水。

　　譬如，稍纵即逝。

　　譬如，时光荏苒。

　　老师看了直叹气，不知该批评还是该表扬。

　　那时，"曾几何时"，我的理解便是不久之前，比方上一个学期，或者一年以前，时间的跨度绝不会超过三年。倘若超过三年，那就算"从前"了，因为一个学期、一年对我来说都是一段很漫长的岁月。

到了中年，有次我又用到了"曾几何时"，这才发现"曾几何时"的意义已经变了，不再是不久之前了，而是很久很久以前。十年前是"曾几何时"，三十年前也是"曾几何时"，一年前、三年前就不再是"曾几何时"了。

想到学生时代常常写"曾几何时"，我笑了，谁能料到人变老了，词语也会跟着变老。是啊，天地万物都在变，黑发变成了白发，槁木变成了死灰，沧海变成了桑田。

曾几何时，昨日是从前。

曾几何时，从前是昨日。

"人生无根蒂，飘如陌上尘。分散逐风转，此已非常身。"此时我又想起小时候学的陶渊明这首诗，人生就如无蒂之花，随风飘转，最后都已不再是最初的样子了。我庆幸的是，能写下"曾几何时"不可谓不是一种幸福，当再也没有什么事情可"曾几何时"的时候，人也就没有了美好的怀念。

.

山路弯弯，月儿尖尖

路已不是那条路，

月却还是那轮月，

总有些记忆，

挥之不去。

孤独是人生的常态

　　我读得最多的外国文学是村上春树的作品，记得高中的时候就看完了《挪威的森林》《且听风吟》，不过读了这么多村上的作品，内容大抵都忘记了，只弄明一个道理：孤独其实是人生的常态，你所看到的只是人们故意展示的一面——在生活的淫威下强颜欢笑。

　　人的这一生，仿佛迷失在浩渺的海洋中的一叶孤舟，你要么放弃挣扎朝着巨轮的方向随波逐流，你要么坚定方向驶出一条孤独的航线。可就算是随波逐流，那也是远远地尾随着他人而迷惘不知所终，忙碌的神态难掩内心的孤独。都是孤独，不过是自知的孤独与假装不孤独的孤独之间的区别罢了。

　　上初中的时候听老师讲过一个故事，这个故事我猜是老师编的，因为我在网上从没搜到过。

　　故事说的是法国大文豪雨果，雨果在五十岁左右的时候，因在政坛失意，加之法国爆发大暴乱，他选择了漂泊异乡，租住在一个镇子里最热闹的市场旁边，那时他没有知音，人生挫败，备感孤独。

　　有一天，正在屋子里沉思中的雨果听到窗外传来了一阵追打声，雨果探头出去张望，原来是几个壮汉在追捕着一对衣衫褴楼的男女。那几个壮汉是市场的治安队员，而被追捕的男女则是小偷。

小偷都被治安队员逮到了，男的被除去上衣，实行鞭打，人们纷纷过来围观。惩罚完男小偷后，人群里有人喊着也把女小偷的衣服去除进行鞭打，治安队员犹豫着始终未动手，最终还是让她穿着衣服受罚。人们感到无趣，便纷纷离开。

雨果深深地被这一幕所感动，他认为这个民族是有底线的，当心境平静下来后他决定重返文坛，用文字来书写这个伟大的民族。

听了这个故事，才知雨果也是一位孤独者，一个人越是明白也就越是孤独，也似乎是孤独拯救了他，孤独让他抛弃了脆弱的名望，荡涤了心中一切纷扰，这才专心创作出《悲惨世界》《海上劳工》《九三年》《笑面人》等蜚声世界的文学巨著。

雨果曾经这样说过："孤独可产生若干崇高的幻觉，这幻象是从燃烧的荆棘中发出来的轻烟，给精神一阵神秘的震撼，可以使一个学者有先见之明，使一个诗人变成先知。"

孤独使一个学者有先见之明，使一个诗人变成先知！没想到，孤独还能得到如此之高的礼遇。我不由得想起了李白的那首《月下独酌》，孤独不论在异国还是故土，也不论什么颜色的肌肤，都是一种人生境界——

> 花间一壶酒，
> 独酌无相亲。
> 举杯邀明月，
> 对影成三人。

假如李白不孤独，而沉迷于仕途或情爱，那么李白就可能平庸。如此，孤独能塑造一个高贵的灵魂，独而不浊，独而超群。

古今中外，思想者、睿智者必孤独，因为他们不随大波、不逐大流，从而知音难觅，于是，他们只好享受孤独，学会了境由心造，学会了俯瞰万物。

孤独是人生的常态，若在孤独中不被世间的尘埃迷惑了双眼，人生便呈现出多姿的美态。

在时间里流浪

早上送儿子去幼儿园。

这是一个清爽的早上，夏日的嚣焰已被昨天的一场大雨熄灭，一阵凉风从车窗里透了进来。儿子的心情似乎很好，快到红绿灯的时候，他一本正经地问我："爸，你想去读幼儿园吗？"

儿子的问题历来都让我琢磨不透，我瞅了一眼他，说："爸长大了，幼儿园不收我了。"

儿子不假思索地说："你可以不吃饭呀。"

"为什么不吃饭？"我反问。

"你不是和我说过嘛，说我不吃饭个子就会变小，你不吃饭不也可以变小吗，变小了幼儿园就会收你了。"儿子天真地说。

儿子的话让我捧腹大笑，笑得不知红灯已经转变为绿灯了，看来我之前哄他吃饭的"谎言"他是当真了，说童言无忌真是一点都没错。如果不吃饭就可以回到过去，那我肯定就不吃饭了，可是不吃饭人就会死掉呀，儿子才三岁多，哪里懂得这层道理。

车子前行了一段路，我见不远处的马路边出现了一位衣不蔽体的流浪汉，便对儿子说："昊昊，快看，那边有个岸佬（方言，即乞丐）！"

儿子趴到车窗边，静静地看那个流浪汉，一声不响。不一会儿子对我说："爸，那个岸佬是做什么的？"

"他流浪的，到处乞食。"我说。

"什么是流浪？"儿子又问。

"流浪就是没有家，爸爸妈妈不理他了，他要到外面游荡，把马路当家，把大地当床，没有穿的也没有吃的。"我语重心长地对儿子说。

儿子"哦"了一声，而后说："他很可怜啊！爸爸……你有流浪过吗？"

"我？好像流过……也好像没流过……那不算流浪。"我说着，这时已经到了幼儿园。

我年轻时是到过许多地方去谋生，我背着一个花二十块钱买来的黑色背包，里面放了几件衣服和牙刷、毛巾，在绿皮火车"咔嚓咔嚓"声中翻越了一座又一座城市，北至大雪纷飞的紫禁城外，南到辽阔浩渺的天涯海角……可毕竟我有爸爸妈妈，我有家，因此那并不算流浪。

到了中午，天空乌云密布，顷刻便下起了滂沱大雨，豌豆大的雨滴密集地敲打着窗户，我在书房里向窗外望去，是一片迷茫的世界——我又回想起了儿子的问题，我到底有没有流浪过？

答案变得明朗了起来，我的确是流浪过，我一度是时间的弃儿，在时间里流浪。

我成为时间的流浪汉。这时间跨越了稚气的童年、懵懂的少年、浮躁的青年、失落的中年，足足经历了数十载之久。在时间里流浪的感觉，就如抓住了没有阳光的海面上的一根浮木，向四周漫无目的地漂流着、挣扎着，人搂着浮木此起彼伏，饥寒交迫，精神里是一片的茫然，就如这窗外惨淡的景象。

我成为时间的流浪汉。这时间跨越了苦涩却无泪的忧伤、暴雨来临之前的沉闷、跌倒又爬起的欣狂、风与火交织的焦灼，足足历遍了情感的酸甜苦辣。在时间里流浪的感觉就如夏夜里的萤火虫，和耀眼的星星相比，微不足道，却又偏偏东寻西觅，欲在黑暗中照亮它的爱人，最终还是璀璨落尽灯火散去，就如窗户上的水珠，一点一点地化为了蒸气。

时间的家在哪里？只有找到了家，我们才能宣布告别流浪的生涯。这个问题显得扑朔迷离。

我便去找那时间的家。在红日升起，海面上最后一片黑暗夹着尾巴逃跑了的时候，在萤火熄灭，诞生了它们生命中新的火种的时候，我便找到了答案：时间的家就在我们的思绪中，在我们的一手一脚之间，在奔赴希望燃烧的热情里……

晚上又是我去幼儿园接儿子，我见到他的第一句话便是："昊昊，爸爸其实流浪过！"

"在哪里流浪？"

"在时间里流浪！"

山路弯弯，月儿尖尖

"竹篙山"这个名字是我近来才在新闻上听说的，据说山上建了个公园，已经有些日子了，我却一直没有到过。儿子放暑假后报了个篮球班，每天晚上吃完饭我就要送他过去上课，这篮球班就设在竹篙山脚下。前些天的一个傍晚，夕阳已经西下，天边露出了一道七彩的霞光，我送完孩子后趁着空闲，便游了一遍竹篙山。

竹篙山名不见经传，此前不过一片荒山野岭，如今成了市民休闲散步的去处，只是不知何因，此时游人甚少。上山的道路和城里其他公园大不一样，宽敞得多了。两旁可见参天的桉树，又细又直，它的枝叶随着晚风飘摇，仿佛一位绿装的少女，在黄昏的熏陶下舞动着婀娜的裙裾，高不可攀。

我并不熟悉路况，只好漫无目的地走着，半路上遇到三位阿姨，我向其中一位问了路，那位阿姨热心地比画着要我怎么样走。此时，一阵清风拂来，让我身心舒畅，已忘记了此时正处三伏期间，我边走边用手机播放着悠扬的乐曲。我习惯如此，喜欢听着音乐漫步，这样可以让时间流逝得快一点，忘却疲劳。我一路走着，转了几道大弯，到达了一个陡峭的斜坡，仰望斜坡的上空，一道尖尖的月儿挂在树梢上，那样子静如处子，皓白如雪。

有道是：人有悲欢离合，月有阴晴圆缺，此事古难全。

可谁能说残缺的月亮便不美？尖尖的月儿，七彩的霞光，摇摆的树梢，微微的晚风，这是一幅美轮美奂的抒情画卷，它们悠然自得的样子，该是过得多么自在、多么写意。人们岂会不羡慕！

对于从小生长在贫困山区的我，美在心中的范围像是比城里的孩子广了许多。我吮着一条冰棍就幸福得要死，心里填满了甜甜的味道；卖豆腐的老伯在村子里叫卖，妈妈给了五分钱我，我买了一块豆腐，蘸了下豉油就吃，这让我足足开心了一个星期；我要是能拥有数量众多的玻璃珠，都能成为一件很自豪的事。活在那个纯真无邪的年代，真好！没有物欲的追逐，没有利益的诱惑，卑贱之物都能让自己感到满足，瑕疵之物也能欣赏到它美好的一面。

我记得，也是在如此一个"霞染天际清风拂"的傍晚，我们带着茅篱，踏上了弯弯的山路，然后越过一条小河与一片金灿灿的稻田，到达山那边的村子看彩色的电视剧《霍元甲》。回来的时候，我们点燃了茅篙，一盏盏星火在山路上晃动，而在天的那边，尖尖的月儿正静静地遥望着我们，良久之后还对我们会心一笑。

弯弯的山路，尖尖的月儿，成为在我脑海里挥之不去的美好回忆。

可有可无的旅行

我高中同学，宿舍里的上铺，现在城里一所高中教书，或许日子过得有些郁闷，说邀我暑期去新疆旅行，散散心。

我并不喜欢旅行，我过往的所谓旅行无不是人生中的走马观花，到底都观不出什么感慨与见识，只不过以此来进行一番麻醉，向众人炫耀下自己曾经到达过远方，而这种远方，根本就没有诗的成分。倘若没有诗，那么旅行就如在电脑前打开谷歌实景地图浏览一般，同样枯燥乏味。

诗，不是不辞劳苦的长途跋涉，不是说走就走的冲动，而是源自人内心深处最殷切的梦想，这种梦想不能是虚幻的，而是确切的，要不然就成了幻想。只是为了旅行而旅行，又或者带着幻想去旅行，我是不愿意重蹈的。

同学去了新疆，我没有去，只能时不时地欣赏他分享出来的影像。虽然没有到过新疆，可是我已经无数次感受到了它的美，以前经营摄影网站的时候，看得最多的风光片便是来自新疆的。如果要我在新疆的印象中找出一个标志，便是那广阔浩渺的青青大草原，以及如明镜般纯净的蓝色湖泊。而细思之下，这些却也不过是镜花水月，只能感叹一番上帝灵巧的手，唯一让心灵为之一振的则是戈壁沙漠上的"不死之树"——胡杨。在黄沙的侵蚀下，在一个个春夏秋冬的往复之中，胡杨经历了数千年风雨洗礼却依然死而不朽，正因此，它被誉为"最美丽的树"，生命最后一刻都还要力争成为一件艺术品。胡杨的黄叶格外地美，是一片的黄，是统一的黄，不掺杂其他颜色，远远望去，树影婆娑，温馨而悦目，似乎能给人的思绪绘上色彩，使之静谧而纯美。

我未能如同学那样亲身感受我所描述的这种美，我便在自己的脑海里反复地播放这些画面，还不厌其烦地问同学今天到了什么地方、住在哪里、吃了什么好吃的，诸如此类的。久而久之，我有了一种奇妙的感觉，仿佛也身临其境了，反而许多过去亲临过的场面，如今却没了印象。

我不知同学有没有带着梦想去旅行，但愿他有吧，要不然长途的旅行会是一件劳累且孤独的事——他是一个人旅行。如若能带着梦想去旅行，我相信旅行会更丰满、更洒脱，我甚而觉得，有了梦想，诗便是远方，远方便是诗，旅行也就变得可有可无了。

剪一段岁月挂窗前

月光皎洁如银，轻轻地挂在窗前，流泻在大地、山丘、河海之上。迷离的月色，透迤的云朵，深邃的夜空，如水一般温柔地荡漾。感谢这段月光，在我最需要光芒的黑夜，你来到了我的跟前。

就是这样的一个夜晚，我站在窗前，想起了一些过去了许久许久的事。

我想起来的是我的祖父，一个高高瘦瘦的老人。关于祖父身上的事，我只见证这么多，之外的都是母亲告诉我的。母亲常常对我说，祖父是一个大好人，可惜死得太早。每逢赶集日，祖父便翻山越岭，到二十里外的圩镇，把果子、番薯卖了，换来咸鱼、猪肉这些，便会偷偷分母亲一些——那时他们已经分家。在物资匮乏的年代，一条咸鱼、一块猪肉的恩情足以令人感动一辈子。

我不大认得我的祖父，在我还很小的时候——一段被称为"孩提"的年纪——他就走了，中了风没几天便死去了。那时我还没有清楚的记忆，但在我的脑子里，确是有一位老人，个子高高的，瘦瘦的，我不知道那是我想象出来的，还是那个是别的人。我没敢问我的长辈关于祖父的模样，我就当脑子里那个高高瘦瘦的影子是祖父，我怕一旦长辈说那个不是祖父，我便无从找到他的形象，又适应不了他新的形象。我意料，正当长辈娓娓道来之际，我可能会提出抗议："不对，不对，那个不是我的祖父。"这方面我似乎比谁都固执。

母亲给我透露的祖父的故事寥寥无几，我也许不需要知道得太多，因为我要的不是一本大百科全书，他仅仅是一个凡夫俗子而已，凡人能有一个标签就足矣。这时，我给祖父的标签是"善良"。对施者，是善，对受者，则是恩，最大的善良莫过于无须回馈的帮助，最大的感恩便是默默地怀念。就如那片皎洁的月光，纵有任人解释的篇章，可它挥洒的光芒才是它最大的善，它并不要求人们给予反照，而我们无不时刻爱着它。

我给我儿子讲我祖父的故事，儿子却问我："太公这么好人，可他不是成功人士，还不是没人知道他。"

儿子说得没错，除了祖父身边的亲朋旧故，已经没人知道祖父曾经来过这个世上，他不是成功人士，甚至活得一塌糊涂。可这些并不是我们要惦记的，也无辩论的必要，让我们释怀的是故人的那份善以及我们的那份恩。

多么美丽的月光啊，多么蹉跎的岁月啊，有一天，我会把这人生的岁月剪成一小段一小段的，挂到抬头就能仰望到星辰的窗前。其中有一段，是我曾经作过的一首诗——

昨夜月光皎如银，

我乘清风归故楼。

青山安上铮铮骨，

旧人唤来新人愁。

剪一段岁月挂窗前。在土地上，在细风中，在人潮里，在思绪的深处，在灵魂的彼岸，我们若能真挚地回望，便能拥抱和守护那份真诚的善意。

朋　友

"朋友多了路好走。"

朋友，是心灵知己还是互惠伙伴，我一时分不清，又或许是一个情感和利益的综合体？罢了，罢了！我尚且知道，朋友给予你一条路，那么你也欠朋友一条路，朋友赠你一分情，那你也欠朋友一分情。

倘若结交朋友的初衷是为了自己的"路"，那必有所求，必有亏欠，必有奉还，这一路下来，不过是互相利用、互相平衡而已。平衡了，就继续是朋友，不平衡了，就分道扬镳。

可是，有没有这样一种朋友——相对泛泛而谈，却是君子之交，非利益所捆绑？我想是有的！

这样的朋友，未曾送过你金银，也未曾对你有过关照，但他是真心想你好，例如一段话，一本书，一首歌，一位远方的陌生人。是的，朋友又何必执拗于彼此是否得到实惠，朋友可以是万事万物，可以跨物种，也可以跨维度。

心有朋友，即是朋友，心有多宽，朋友就有多广。

断线的风筝

我爱用"翱翔"这个词，几十年来都如此。闭上眼睛，脑海里浮现出来的便是一片汪洋大海，海燕在海平面上凌空翱翔，那是自然界的轻歌曼舞，一幅活脱脱的画面。我心中的翱翔，像断了线的风筝，飞越高山，穿过平原，滑过冰川，飘过大海。

很小的时候我就喜欢读一些稀奇古怪的书，比如《飞碟探索》《预言，还是谎言——1999——巨大灾难降临人类》，不胜枚举。那时，镇子里每逢赶集日，便有一位头发花白的长者在冰棍厂对面摆卖旧书。放学回来路过他的书摊我会驻足片刻，看一下有没有新的"宝藏"。买得最多的数《飞碟探索》，这是一种月刊，一块钱一本，自然是别人不要了的旧书。

飞碟的故事我没有一桩如今还能完整记住的，只知道当时很吸引我——这个世界真的有飞碟吗？真的有外星人吗？他们又在哪里？我的阅读冲动来自对自然界的好奇、对人的好奇。只是这种好奇显得有点不务正业，似乎只有捧着教科书，戴上眼镜，痴迷地看着、读着，那方是要学习的楷模。

年少的我是在这种矛盾中长大的，你想翱翔，可偏偏有一条细细的线牵制着你，容不得你做主，大人已经为你指明了方向，你如同一只任由人拉扯的风筝。

工作后，我一度以为终于摆脱了他人的束缚，便像无头苍蝇一样，漫无目的地四处云游。当游无可游之日，我发现自己两手空空，可是流年似水，时光一去不复返，因此而孤独、迷惘。我还是需要一条细线牵引着，这条细线变成了"责任"，有繁衍的责任，有赡养的责任，也有给子女树立个好榜样的责任。这些责任，这条线，哪能说断就断的？

我便又变回了从前那只风筝，被扯得紧绷绷的，掉不了头，弯不了腰，眼睛只许往前看，一直看，一直警觉，生怕掉到江河里，生怕撞到树梢上。

我想在一个空寂无人的山谷，大喊大叫。

我想在一个月光皎洁的夜晚，给爱人写一封信。

我想登上一个孤岛，在上面种下一株玫瑰花。

我想爬上云朵，对大地喊一声："喂，你看我！"

……我想的事情，太多太多了。

童年的困窘，少年的彷徨，青年的孤独，中年的迷思，这一切的一切并未改变我对这个世界的好奇之心，正是这份好奇让我获得了生活的动力，而不至于在沉浮中让思绪戛然而止。

相逢总是在角落

"你曾对我说，相逢是首歌，眼睛是春天的海，青春是绿色的河……"

车子在笔直的柏油路上迎着落日方向飞驰，收音里播放着这首悠扬而婉转的歌曲，我的思绪随着音乐的旋律飞扬——转念之间，相逢却又总是在角落，人生的角落，砖墙的角落，在清寂之中，在不经意之际。

年少时，妈妈在半山腰开了一块荒地，种上了大薯、甜薯、甘蔗，专门留出书桌那么大的一小块地方，种了一片黑芝麻。耳濡目染的缘故，我便比城里的孩子多了一门技艺，弄得懂五谷杂粮最初的模样。

最容易辨认的就是黑芝麻的苗了，最下层总是一左一右两张对称的叶片，而最上方则是四张叶片，指向着东西南北。它雪白的花瓣从底层一直开到顶部，伴随着它的一生，花瓣的位置一层一层地往上抬升，这才有了"芝麻开花节节高"的说法。那花瓣会渐渐长成荚子，荚子像极了小巧的秋葵，里面包裹着一粒粒的、看起来在跳动的黑芝麻。

后来我到城市读书、工作，便少了与这些生命重逢的机缘，但对它们的印象始终难以磨灭，那是我们曾经的一个小宇宙，它们身上投影着我们年少的时光，青葱而懵懂。

我是没想到以后会和芝麻有什么因缘的，一直都没想到，再次接触它，时光一晃已经过去三十多载，我成了一位住在城里的农夫。在人生的角落里，我们再次重逢，那时我倍感欣慰，就如见到分别已久的故友，又如历尽劫波后碰撞在一起的火花。

我试过将芝麻的种子撒播到肥沃的菜地上，可一天天地过去了，始终看不到它的新生，我一度灰头土脸。有一天，我发现在墙壁与水泥地板之间的裂缝里，竟然长出了一棵芝麻苗，它在夏日烈焰的煎熬下依然显得那么娇嫩、翠绿，一副微笑以对、毫不折服的神情。我不知芝麻还有如此崇高的品格，在一个空寂的角落，茕茕孑立，焕发着它生命的活力，吟唱着青春的诗篇。我想，它一定不孤单，因为孤单在它的顽强面前已经微不足道。

年轻时，我向往生命的繁盛，为名缰利锁所萦牵，年长时我又试图放弃世俗的追逐，回到纯真，哪怕只是相逢一位曾经的挚友。我如愿以偿，在这个世界某个角落与它重逢，它的出现使得我不再彷徨，因为它如此卑微，尚不惜一番拼搏，更何况我们。

那棵芝麻苗有七八十厘米高的时候，长出来了许多荚子，却不想被调皮的孩童折断而枯死了。过了三年，我又在墙角边遇到了它，还是原来的模样——相逢总是在角落，有了相逢才有了情谊，有了相逢才不再孤单。

在一片桑榆暮景之中，我开着车子竭力地向天边那轮红日奔去。

把足迹抹去

读小学的时候用的一部蓝皮《新华字典》，竟然被父亲悉心保管至今。

我本以为那字典如同其他资料一样，早已进了废品回收站，没想那天在父亲的书架里翻到了，霎时间很是感动，更是感叹岁月的无情。三十多年前的某一天，到镇子中心书店买这字典的情形现今还历历在目，花了我两块钱，这可是我攒了好几个月的零花钱。

字典现今完好无损，纸张已经泛黄，翻开第一页便是我用圆珠笔题的"墨宝"，端正地写着购买地点及购买时间。下面是一个方形的红色印章，字迹已经在时间的摧残下变得模糊不清，外人是无法晓得上面内容的，但我清楚，那便是我学生时的印章。

那时，父亲懂一些简单的木工，常常做一些凳子椅子，还刻了一个印章，在他购买的书籍上都要留下印记，给人一种庄严的仪式感，令我羡慕不已。我便依样画葫芦，找来木头也刻了起来，做工却很是粗糙，连续刻了好几个这才选定了一个差强人意的。往后，我在我所有的书本上都盖上了那印章，从小学、初中、高中、到大学，不想，唯一保留下印章的只有这部字典。辗转多地工作、生活，使得我没有保留书籍资料的习惯。

不，我年少时的足迹被我一抹而去，也有我有意为之的成分。我固执地以为，留住足迹不如留住回忆，留住具象不如留住抽象。

印章便是明证，看到它的那刻惆怅的心情总多于庆幸的心情——不知不觉已荒废了数十载光阴。不过也有例外，那些名士宿儒的足迹经过一番拍卖，可抵千金。

岂止这些，让足迹遁于无形还缘于我们对具象的藐视，君不见岁月的脚步一踏过，具象便在转瞬间烟消云散？但是，那些消失于混沌的往昔，却可被我们编织成温情的文章。

回忆与抽象是美妙的，足迹与具象是不堪的。

偶尔想起孩童时那纯真幼稚的笑容，便会摇摇头而后会心一笑。可当翻看到孩童时的相片，便又连连发出唏嘘："转眼间两鬓已长银发，老了！"

偶尔想起故乡那片油茶林，每当岁末年初花开时节，满山的油茶竞相怒放，雪白的花瓣，金黄的花蕊，尽管那么朴实无华，但它淡淡的清香却弥散整个山坳。有一年春节回到故乡，见到油茶树只剩下三两棵，它们成了孤独者，零星的花朵在冬日下苍白而颓败。

偶尔想起昔日的恋人，一股伤感扑面而来。与那恋人不期而遇，却又无言以对。

我并不后悔年少时留下的资料太少，片纸只字足矣，因为一个足迹和一万个足迹并无区别，足迹再多，带来的无不是阵阵叹息。将大部分足迹抹去，更多地保留回忆，让心波在回忆的河流里荡漾——那泛黄的字典与那模糊的印章，就足以装载一段漫长且无忧的岁月。

根 基

在公园里游览的时候我遇到了一棵大树，看它那宽阔婆娑、浓荫蔽日的身影，可谓独木成林，远远看去像是榕树，可是又没有榕树身上垂下来的一缕缕"胡须"，且叶片也比榕树的大得多。走近一看，树干上面有个铭牌，称之绿黄葛树，这名字我此前闻所未闻。

绿黄葛树，没有松柏的幽雅，也没有梧桐的孤凄，秋日里，依然绿茵茵，用它的活力尽情地展颜。而它的根系更是令人惊叹。

绿黄葛树的根，露于地表，宛如一条条纵横交错的河流，又如密密麻麻的血脉，向四周延绵，直至十几二十米开外，几乎超越了它的身影，令人感受到生命的顽强与繁盛。

驻足在这树的面前，我想到，它之所以能壮硕茂密得撑起一片天空，任由风吹雨打都屹立不倒，那是因为它生长着无数牢固的根基。这些根基或深埋土下，或浅露地表，承受着身躯的全部压力，却是最不为人们所咏赞的。而花朵的娇艳，落叶的飘零，果实的甜美，却成就了无数文人骚客的丹青妙笔。

我蹲下来，抚摸了一下绿黄葛树的根，看着那一条条无言的生命，不禁为生命的伟大与奇妙而发出感叹。

与这些树的根基相比，人的根基浅薄得多。我们往往为了获得一道光环、满足一刻虚荣，而藐视根基，从而急功近利，成就众多华而不实的赝品。

与这些树的根基相比，人的根基尚未筑牢。一场狂风骤雨，倒下的树木寥寥可数，而在经历一场生活的劫难、情感的煎熬之后，倒下的人却成千上万。

我们的根基是什么？我们的根基是在浑浊的空气中依然保持着一颗乐善的心，我们的根基是历尽磨难还能满脸笑容，我们的根基是勤学苦练而后厚积薄发，我们的根基是摒弃浮华而脚踏实地……

当浮华落尽，便能显露根基。

当灵魂与肉体都烟消云散，我们就无法再去检讨自己究竟给这个世界带来了什么。

留得清净在人间

在这世间，

既来得清净，

何不活得也清净？

秋千里的秋

有三年之久没有到过家附近的那片湖了。三年前我几乎每天的清晨都要过去，沿着湖边的堤围跑步，然后坐在石板凳上看东方冉冉升起的红日，红日在湖面上形成一道金子般的光芒，在我眼前斑驳地闪烁。回想起来，那是一段多么美好的时光。

儿子去上初中，在学校里寄宿，我从此便省下了早送晚接的时间，一个清晨我又再次来到了那片湖边，这时已经是秋天。

跑完步之后，我进入了湖边的一片笔直挺拔的细叶榄仁树林中。地上铺满了它的落叶，黄的、褐的、绿的、青的、红的、灰的，在朝阳的辉映下，与那绿色草坪构成了一幅巨大的彩绘抽象画。

榄仁树比三年前长高了许多，枝叶一轮一轮往上叠，仿佛一把巨大的绿雨伞，它的身影依然是那么别具韵律美。这一刻，或许同样是多年以后回想起来的一个美好的早上。

树底下增加了许多运动器材，其中有一排是秋千，我该有三十多年没荡过秋千了。小的时候，爸爸在后背山的菠萝蜜树底下用青藤做了一个秋千，那是一个极其原始简单的秋千，我在上面不知天高地厚地荡着，爸爸则坐在一旁织着竹箩筐，时不时有山鸡、野兔、狐狸之类的小动物从身边飞窜而过。那一幕，常常浮现在我脑海里。

不知从何而来的勇气，我一个已过不惑之年的人就像个孩子，竟又荡起了秋千，而全然不顾旁人的眼光。只是这秋千不再是那个原始的秋千了，它的坐垫是僵硬的，它的绳索是冰冷的。

摆动的那一刻，我使出了巨大的力量，天空、白云、大地、榄仁树，眼前的一切都随之晃动。那看不见的四季也在摆动，摆着，摆着，摆过了春夏秋冬，摆过了一年又一年，方才摆到了如今这个秋天。

将生活的辛酸凄苦荡到天的那边，将情感的爱恨离别抛到树的尾梢，要是永不停息地这样摆下去那该多好啊，让时光定格在一个旖旎温馨的秋天早晨。

荡着荡着，想着想着，我羞愧了，羞愧的对象是我们——是我们去简就繁，抛弃了生活原本的样子。

生活原本的样子，是在秋日无忧无虑地荡着秋千，是夜晚和爱人躺在草坪上看着星星，是到超市购物时无须赶时间，是休息时上司的电话不再响起……可我们却固执地以为，忙碌的样子最美。因此，我们要快步追赶最后一班公交车，我们要准时参加公司的会议，我们要加班加点完成季度的业绩，我们要秉烛夜读应付第二天的考试……

当忙碌成了生活的常态，而悠闲却成了生活的点缀，那我们就误解了生活的本意，也误解了人的这一生。

心静便是好时节

夏日的傍晚，斜阳收敛了它最后一道光芒，我和我家"二少"到离家只有三四百米之遥的一个小广场玩耍。

广场上有一座不锈钢艺术雕塑，高高耸立，顶部顶着一个球，我说不出是什么几何造型和含义来。那雕塑底左右有两个斜坡，光滑的表面成了邻近孩子们的滑梯。我家"二少"也很中意那滑梯，晚饭后常常要我带他过去玩。他缓慢地匍匐上斜坡，然后翻过身来，一溜而下，如此反复，不亦乐乎。

孩子在开心地玩，我则坐在台阶上享受着习习凉风，仰望远处斑驳的灯火，思索在寂寥且迷离的夜色里。

我旁边坐着两位老伯，像是到此纳凉的邻里，只听见一位稍胖的老伯说："家里太热了，不开空调，一刻都待不住。"

另外一位老伯应道："心静自然凉！"

稍胖的老伯先是不置可否，然后说："说得容易做起来难，怎么样让心静下来呢？"

另一位老伯被问得无言以对。

心静自然凉，我是颇为认同的，突然想起黄龙慧开那首脍炙人口的诗——

春有百花秋有月，

夏有凉风冬有雪。

若无闲事挂心头，

便是人间好时节。

诗的意思是，人闲来无事可牵挂时，便是人一生中最好的光阴。慢慢想来却并不简单，闲来无事的人有几何？年少时，为作业为升学，争分夺秒；年轻时，为工作为爱情，焦头烂额；年中时，为孩子为家庭，含辛茹苦；年迈时，为儿孙为病痛，精疲力竭。

人这一辈子，没有哪一刻是没有牵挂的，除非像"二少"那般，三岁稚童，尚不懂得人间疾苦，方可无忧无虑。

稚童以外，无闲事挂心头之人，那该是超脱了世俗的圣人。他们无牵无挂，无恩无怨，无贪无欲，甚至面对死亡都是那么坦然，那么快乐，他们的精神已经游离了肉体，成了独立且永恒的存在。而我们不过是难以摆脱世间欲望的俗人，俗人就免不了有牵挂、有奢求。

若论人间好时节，也只唯有让心境静下来的那会，因为心静自然凉。在风吹雨打之际，抑止着心潮的起伏，让心海波澜不惊，那番境界宛如喧闹中的一隅静谧、烈焰中的一缕凉风，无不令人感到美好。

我偶尔会写些小文章，那也必须在心静的时候，心不静，脑袋里一片空白，无从下笔，纵有只言片语也是佶屈聱牙，心一静，便可一挥而就，不蔓不枝。

有位友人说他这两年常常失眠，半夜躺在床上辗转反侧，换了床、换了房间都无济于事，这位友人是过度焦灼了。我们每一个人又何尝没有许许多多的焦灼，可在庞大的巨石的底下你渺若尘埃，心越不静便越焦灼，结果焦灼将自己击垮，倘若让心静下来，你便可击垮焦灼。

闲事少不了，心静便是好时节。

正联想之际，"二少"在那边欢快地高喊着："爸爸，你也来滑滑梯吧！"我顿时笑了，这是多么天真的声音、多么无邪的时光，就像高山上的湖水，澄明而清静，没有一丝来自尘世中的记挂。

心静便是好时节，我们理当会向往那片高山上的湖水。

饮 茶

《茶经》里说茶最宜精行俭德之人，那意思是放下纷繁，让心境回到宁静。我却是一个不爱饮茶、不懂饮茶的人。

约莫七年前吧，一时兴起，花了六七千块买了套茶几。茶几是红木做的，周边雕刻着些花纹（什么花看不懂），古色古香的样子，配着三张同样是红木做的椅子，摆在厅子里，旁边竖着一个书柜，放上一排书，像模像样，宛如书香门第之家。这茶几却只用了一阵子，原因无非就是嫌那番操作的麻烦，又要温杯又要醒茶的，饮个茶，何至于如此，拿来一个杯子，一冲一泡不就成了？我的饮茶，不过狼吞虎咽，称为"喝茶"更为贴切，那些嘬着饮的方能雅称"品茶"。

饮茶的好处我自然是知道的，里面的茶多酚据说有防癌和降血脂的功效。上高中时，下午放学后会和宿舍里的一位同学去跑步，去之前就要在水杯里加入茶叶，那同学也是如此，其他同学大多也是如此。那是名副其实的"喝茶"，汗水流失过多，作为水分补充而已。用的是什么茶叶，早已忘了，我也只分得出红茶、绿茶，至于什么品种那可是一窍不通。我们饮绿茶为主。可听老人说绿茶饮多了身子会偏寒性，身子寒了以后传宗接代的能力就弱了，这说法如今看来有点危言耸听，可那会我不懂，便宁可信其有不可信其无，渐渐地也就少饮了，改为了饮白开水。学生时代的我，在茶里面品不出什么滋味来，权当饮料，苦涩苦涩的，也不觉得有什么好饮。读大学后，我经常喉咙发炎，就会泡一些绿茶来饮，目的是消炎，却不知节制，曾经有一次饮出了个失眠来，大脑乱哄哄，毫无睡意，还被同学误以为在"想入非非"。

工作后，看了一些文人墨客的文章，说饮茶可以品出人生，可以品出沧桑，可以品出韵味，云云。我认为那纯属文人们的无病呻吟，为赋新词强说愁，茶水要么用来解渴，要么用来消炎，还可品出哪门子人生呢？倘若蕴含着人生，无非也就如那茶的味道——苦涩的人生。茶道，我是看不懂的，甚而觉得它还没白开水透彻、深邃：白开水无色无味，简而纯，天地间的原始；它的滋味，可斟可酌，可思可想，而不是一律的苦涩；且少了不育不孕的担忧。

后来我到城里卖农产品，有次送青梅酒到一家饭店，恰巧遇到那位高中同学，他在酒店老板的办公室里谈天，邀我去坐了一会。面前是一张大树头雕成的茶几，霸占了整个房间，同学摆上了荸荠状的茶杯，问我想饮什么茶，我说随便，他便到柜子里翻出了一盒陈年普洱。热茶落杯，水烟袅袅，凑到鼻子前嗅了嗅，散发着沁人的芳香。我一连饮了好几杯，不过是搭配下言语，作为客套。同学以为我经常饮茶，我告诉他自己很少饮。他如今可是常常饮茶，闲下来就到茶几前，饮饮茶，翻翻书，和好友知己谈天说地。

我是少了这层品位，同学劝我要常饮饮。他对我说："饮茶大有乾坤，茶壶里是个海洋，茶杯就是一叶舟，这一叶舟全凭你驾驭，你以为乐就乐，你以为苦就苦……谁说茶水一定就是苦的，可以是甜的，也可以是酸的。"同学的话让我颇为吃惊，同学可不是什么文人。我这才意识到，也许并不是文人们故弄玄虚，饮酒饮的是一番忧愁、一番寂寞，饮茶该也饮的不是茶，而是一份悠闲、一份恬静。会品茶的人，大抵是如此了，我过去不懂，我只懂得那杯白开水，它的内容可由我的思绪来填满。

世间之事说不准孰是孰非、谁优谁劣，只能去倾听，去习惯，去适应。每个人都是自己人生的作者，我们的感受，我们的话语，都应由我们去书写，内心那个小宇宙，可以是圆的，可以是扁的，甚至可能是方的。

我如今依然不懂茶，只是我懂得每一个人都可以有他的理解。饮茶，又或饮白开水，随缘自足吧。

孤寂过后化作一片云朵

我很喜欢杨万里《小池》里脍炙人口的那两句——

小荷才露尖尖角，

早有蜻蜓立上头。

我也爱赏荷莲，却并非缘于它为人所熟知的高洁或古人对它赞美的诗篇，而是它独有的孤寂与孤傲，这是一种很有脾气的花。

有一段时间送孩子去上学回来的时候，我便会到城里的植物园晨跑，终点恰巧是一个种满了荷花的小池，我便会在池边的小桥上默默地待上几分钟，痴痴地看着它们。粉红的花瓣，屹立于水的一方，出类拔萃，在朝阳的沐浴之下，温馨而孤高，散发出一阵浅浅的芬芳，沁人肺腑。虽然没有蜻蜓立上头，却并不遗憾。我被这一景致所迷惑，心里异常恬静，池子两旁那些色彩缤纷的花丛却被我冷落，连它们的名字都叫不上。

看着那些可人的粉白花蕾，我所想到的是，尽管荷花如此美丽，如此孤高，令我内心深深地折服，但它也离不开荷叶的点缀，离不开绿水的衬托，离不开头上那片飘逸的云朵的润色。一旦没有这些元素，花蕾便会瞬间失去生机，如死了一般，没有了原有的光芒。人，人生，也不过如此，只是我们都争夺着成为花蕾，谁又愿做那个默默无闻的陪衬者。可荷叶愿意，绿水愿意，白云愿意，人啊，并不比它们豁达大度。

在过去的岁月里，我赏的多是荷花，赏过颐和园西堤的荷花，赏过岗美黄村的荷花，赏莲花则少有之。莲花和荷花的模样近似于姊妹，但在我的观念里，荷花可以称为莲花，而莲花则不能叫荷花。

前年的春节，我听友人说那蓬村有一大片莲花，正绽放着，友人这一说法让我颇为吃惊，莲花不是开在五六月的吗，为何冬天也有。友人解释说："冬季还有龙眼呢，其实一年四季都有莲花开。"这说法我还是头一回听说。我驱车来到那蓬，见到了友人说的那片莲花，池子有三四亩，花朵零零散散地开放着，并没有人们想象中的壮观场面。那就对了，荷莲的美便是孤高，特立独行，是无须簇拥而形成的美丽，一个人站在那里，就美得惊艳。莲花浮于水面，又或伸出半尺那么高，它们的叶片有如通透的白玉，有如少女轻轻的一记红吻，有如菩萨身上闪烁的紫金祥光，它们独守一方各放异彩，静静地呵护着中央一丝丝的花蕊。它们之外的世界便是云朵在流动，青山在俯视，树木在招手。

我常常觉得，野外的荷莲比那些富贵人家里摆设的君子兰、富贵竹、水仙花好看得多，少了刻意的雕饰，一直保持着原始的美丽、原始的环境。这种原始的美丽与原始的环境就是我们人毕生的追求，当人们意识到这点，那么就说明我们真正长大了、成熟了。可惜呀，本来原始的我们渐渐地就不再单纯，内心变得复杂、膨胀，沉浸在物欲的追逐之中，且难以自制，最终度过的不过是汲汲营营的一生，当人们悔悟的那天，却离永远道别这个世界的时间不远了。

我曾经做过一个梦，梦见了一片孤寂的荷莲，一片从来都没人前来观赏过的荷莲，突然化成了一缕烟丝，腾升到天空之中，变成了一片七彩的云朵，那云朵自由自在地向四周游离，寻找着它最后的归宿。

留得清净在人间

在我们乡下，有一个巨大的湖泊。湖泊的边上有一片开阔且平坦的草原，一条清澈的河流从草原蜿蜒而过，河很浅，水潺潺，布满了干净的沙子，可见小鱼在水里欢快地游动，河流最终汇入那个巨大的湖泊。这是一个人迹罕至的地方，影影绰绰地看到草原的远方有几只牛犊在安静地吃着草。

十来岁的时候，我的伯父在草原附近的山上看管荔枝林，我有时候过去看望他，便会下山到湖边玩耍，捡一种叫"螺蚌"的巨大贝壳。有次我还作了一首很稚气的诗，现今翻看那泛黄的日记本依然还在，诗名为《马迳探伯父》，这样写道——

烈日蒸人魄犹散，

马迳荔园幽径探。

清风不知斜阳至，

草儿悠悠牛儿闲。

走在草原上，轻风拂面而过，让我在夏日里感到了凉意，竟然忘记了已是该回家的时候。这是一片在我看来无比清净的草原，它之于我的地位，就像是呼伦贝尔之于内蒙古人。我特别欣赏它的那份悠然自得——静静地躺在那里，没有忧愁，也没有人打扰，年复一年地在日出中眨着晶莹的眼眸，在日落中微笑着起舞。这是我年少时心中的圣地，每当我感到沮丧的时候，它便能令我的心怀得以释然。

然而才过了三十年，我心中的那片纯净的草原已变得面目全非了，看着只会令人伤心。自从成为网红打卡点，整个城市的人都蜂拥而至，人们留下了易拉罐和塑料袋，还有许多烧烤制造的与绿草不协调的黑土，无情的车轮在上面碾出来一条条紊乱的伤疤，这些看着无不令人感到痛心疾首。是我们的自私破坏了它的那份清净，是我们将人世间的浮嚣带到了这里，让它遭受了沉重的创伤。

我所想到的是，人本该也有一颗清净的心，是各种名缰利锁挟持了我们，使得我们不甘于清净，而让心境变得更加繁杂。自傲的人们还把那视为一番功劳，殊不知一旦心境繁杂了便难以再清净了，正如那草原，已经无法恢复它原始的面貌。

晚上朋友叫我出去饮茶，我推辞了，茶楼里人比茶多，饮的岂是清净，饮的不过是一番热闹，在人来人往中说着可有可无的闲话。清净，要周围清了才能净，因此我情愿到少人的山岭上独步，让轻风拭抹去身上的尘土，让绿叶洗涤心中的污垢，那份闲情不是在纷繁的茶楼里坐着饮茶所能企及的。

可是，想清净又是何其之难啊，做到彻底的清净几乎没有可能了，除非你愿意抛弃家小，独自去到一片原始森林，择木而栖，从此不理世事。妻儿每逢假日都要到外面去玩，去感受一番人潮的沸腾，去呼吸一下烦躁的空气，我又怎能不从，哪怕是走马观花，或者当个车夫，都要尽家长的绵薄之力；有那么多的人情与世故，有那么多冷暖与炎凉，更是让人难以清净下来，我又怎么能不随波不逐流。

草儿悠悠牛儿闲，那是我向往的境界，可惜世俗不饶人，领着我们偏离了明静的轨道，陷入污浊的淤泥里，竞逐着物质与名利，进行着徒劳的挣扎。

我是很敬重那些死了之后被煅成灰，然后被撒向无垠大海或广袤大地的先人的，他们带走了最后一笔负担，从一个曾经来过的世上永远消失，不再挤占后人半点的位置，留下一片清净在人间。

倘若活着的时候就习惯了沉默，我们死了之后又何必留下墓碑并刻上名字，何不来得清净，去得也清净？

"忍"的腐朽

我在大八读的初中，那时学校里许多男学生的手腕背刺着一个青色的"忍"字，有些则是繁体的"龙"字。我当然不会自残，只是课堂上的枯燥之际也会用钢笔在手心上写字，"忍"字是写得最多的。

起初，我并没有"忍"的概念，不过有样学样。后来我听说"忍"是一种哲学，是一种文化，称忍一时风平浪静者，忍辱负重者方能成大器也。我便真正重视起了"忍"的含义，在字面上的解释便是忍耐，是容忍。可脱离字面到生活中寻找，却能常常品出"忍"背后的火药味，似乎是被欺负了，实力不足，先忍气吞声，不动声色，等待着复仇的时机，慢慢再收拾对方，大有"君子报仇十年未晚"的意味。我也常常听人教诲，真会做人者，莫论朝政，无恨无非，心态平和。世间还有这么一等"忍者"？凡事都讲"忍"，岂不是培养懦弱怕事的性格！从此我便觉得"忍"是一种很腐朽的文化，不应倡导，做事该依照道德和法律，无所谓忍不忍，权益受到损害自然要维护，无须"忍"的牵制。

大概最反对"忍"的人便是鲁迅了，在《故乡》一文里面，连陪衬人物"豆腐西施"杨二嫂，都要拿她的自私刻薄讽刺一番。倘若放在当下，杨二嫂的贪小便宜，她的那句"真是贵人眼高"，也太寻常不过了，多不会被载入"史册"。可见鲁迅对愚风陋习是最不能忍的人。我又读过汪曾祺的许多文章，他给人们的印象很能忍，平时只写些风俗、草木、鱼虾，不涉及激动的言论（要不就不会被称为悠闲文学的代表人物）。可在他的一篇文章里面，他明确指出那是人们对他的误解，他也是反对"忍"的，不喜欢那种不食人间烟火、除了猪肉白菜价格概不关心之人。我还读过他的《卖蚯蚓的人》，末了标注"有删减"，特地在网上寻得原稿来读，被删的措辞还是很激烈的。看似温和的汪曾祺也不是"忍者"，只是人们选择性地只看他的一面。

可见，真能忍的人不多，高风亮节的人尚不能，何况凡夫俗子。喜怒哀乐，七情六欲，人皆有之，时时忍耐，处处平和，怎么看都像只有一种心情，菩萨心肠也，倘若真能做到也就罢了，保不准是装出来的，阴阴地暗藏着杀机。忍，腐朽，何必追逐，但宽容却是不能少的。忍和宽容之间并不模糊，忍是储存怒火，暂不发作，宽容则是灭火，即时释放。只是，什么情况下该宽容，什么情况下又不必忍，并无标准可言，界限只在各自的心中。

写文章也同样如此，文字是心境的投射，有悲亦有喜方为写文章。我很喜欢林清玄的散文，文字清秀宁静，沁人心脾。但我曾经读过他的一篇怀念母亲的文章，说母亲教诲他要写给人"好"的文章，而不要写那些给人"坏"的文章，这点我是相当不认同的，心灵鸡汤方是如此。

俗是必然，不俗是偶然，忍得多了，忍的时间长了，也是要出乱子的。

传　承

　　中午时分，我送货回到家中，到院子里小憩一会儿，恰恰一阵清风拂过，顿时一副悠然自得的样子——"咳，做凉粉吃。"

　　也不知何时养成的习惯，每逢听到一首老歌我便会想起过去的岁月，每逢遇到一样的天气我又想起过去那些寻常的日子。有四五年时间了吧，那年的夏天，我回大八参观大叔大婶们种凉粉草，也正是这样一个云淡风轻的日子。

　　我没有忘记，那些辛劳的人们，他们年过花甲，在山岭上举步维艰地挑着沉重的凉粉草苗，一坑一洼地培育着一棵棵小草儿，汗如雨下……他们如此年复一年地劳作着。

　　他们固然很平凡，平凡得没人留意到他们的存在，他们却又很可敬，在我思考生命意义的时候，他们给出了很好的诠释：他们在传承着某种东西，这种东西可以是一条不起眼的小生命，也可以是一道美食，甚至一杯清饮。

　　从那时起，我便暗下决心要做出一碗地道的凉粉。是啊，这是一个很不雄伟的目标，可我们不是说自己渺小吗？渺小的人对应渺小的目标，才合乎常理。

　　今天做出来的凉粉依然那么晶莹剔透，光可鉴人，我到冰箱里面端出一碗，扑哧扑哧地吃了起来——嫩如西施，沁人心脾。

我永远也忘不了那些辛劳的人们，是他们默默无闻的举动，让我重新认识了生命的意义。

梦想因小而美丽

我记得小时候，语文老师教我们作文，说到拿高分的技巧，就在我们面前绘声绘色地说："在作文的最后一段加上一句'好好学习，长大以后为祖国的四个现代化建设贡献力量'，阅卷老师便会给你加分，原本不及格就会给一个及格，原本七十分就会给个八十分。"说完之后还特意加了句"信我就没错"。

我们这些农村的孩子，连城都没出过，更是没搞懂"四个现代化"是什么，只知道老师怎么样教我们就怎么样做，因此我交的每一篇作文都会加上这么一段话，遇到大考更是如此。一段很长的时间里，我都把老师的话作为一种学习技巧，并不晓得那不过是一番照本宣科的"政治正确"。

还是那位语文老师，有一次他布置了一篇作文题《我的理想》。理想是什么，我依然不懂，一个才十岁左右的孩子，哪会清楚今后要去做什么。但为了完成老师的任务，我便参考了同学们的理想，他们的理想有做老师的，有做医生的，有做画家的，也有做科学家的。科学家？我看行！我便完成了那篇作文，我的理想是当科学家。作文本发回来后，我清楚地记得老师在后面用红笔加上了一句评语：二十年后等你好消息！

其实那会我并没有如此崇高的理想。家里有个地球仪，我常常缓慢地旋转着，我梦想着长大后到外面看看，到颐和园看看那庄严的皇家园林，到三亚看看那海天一色的天涯海角，到桂林看看那婀娜秀丽的山水，到西安看看那惟妙惟肖的兵马俑，有机会的话还要到国外看看……这些梦想是一瞬间泛起的意念，是万万不能当作理想告知外人的，我只能把这种梦想埋藏于心里，可嘴巴里每天依然在喊着要当科学家。

就这样过去了二十年，我没有成为科学家，不过一位凡夫俗子，幸运的是我实现了那个小小的梦想，到了儿时想到的地方游览，我很满足，那种满足就如饥肠辘辘之际吃了一个热气腾腾的馒头，美滋滋的。几年前，我听说那位老师去世了，心里很是难过，其实我很想告诉他，我食言了，没当成科学家，但我实现了自己心中小小的梦想。他如果听到了，一定会会心一笑，为我感到开心。

梦想因小而美丽，越是微不足道就越容易成就，拥有九百九十九个小小的梦想就会拥有九百九十九次微笑，心怀无法攀登的梦想，永远伴随你的将是一次又一次的失落。正是意识到这点，意识到梦想小却美妙，我才会对生活投以微笑的神情，我才能怀揣着一颗感恩平和的心。

前不久，我听到一位亲戚教导她的儿子，要求儿子以后最起码要考上复旦大学。我觉得这种要求有点过分，纯粹的梦想从来都是由自己制定的，而不是别人，我们总爱把自己未曾实现的梦想强加在子女身上，这样的做法并不高明。人要有梦想，但不能有幻想，梦想是触手可及的，而幻想永远都是泡沫。

人至中年，我依然有梦想，而且是梦想支撑着我的生命，告诉我活着的意义，自然，这种梦想一定是易于实现的，是切合实际的。为小小的梦想而保持向上的姿态，勇敢地告诉世人：我们拥有梦想！

再入浸仔湾

在每个人的灵魂深处都有一块圣地，要么碧玉无瑕，要么白水鉴心，我正是怀揣着这样的情愫一次又一次造访浸仔湾，那里的一花一草、一砖一瓦都曾令我魂牵梦萦。

在庚子这个寒风袭人的岁末，我再次与它重逢在冬日的晨曦之下，望着那冉冉升起的红日就如同看到一颗雄心，勾起了我往昔的回忆——

两年前端午后的一天，烈日正毫不留情地用火焰抽打着人们，我欲将这火焰甩得远远，便在脑海里塞满了童话般的梦幻和冰一样的凉意，来到浸仔湾脚下一个几乎与世隔绝的古村落。

那是我第一次到这里来，还以为走错了屋子，因为友人给的老式铁丝钥匙总是拧不开那扇破败的木门。碰巧一位村民从身边路过，他告诉我不用再拧了，这门根本就没有上锁。我用力轻轻一推，门果然开了，我一时间傻了眼。

一路上风尘仆仆，我顾不上整理这老旧的屋子，就像死尸一样僵躺在里面一张已经脱了色的木沙发上，一边呼吸着屋里飞舞的尘土，一边半眯着眼睛注视着头顶的那只大蜘蛛。

我很困，但没有睡意，肚子饿得咕噜噜直响，又生怕那大蜘蛛撒一泡尿给我，我便一跃而起，跑到那个不知多少年没生过火的厨房里，煮起了午餐——一顿白粥。那顿午餐我今生难忘，没有菜，也没有油，只有我带来的一瓶腐乳。尽管如此，我还是吃得饱饱的，乃至大汗淋漓。后来我还是睡着了，一觉醒来却懵懵懂懂，不知这是什么地方。我离开了老屋在外面漫无目的地走着，此时知了在树上鸣叫，农民下了田地，我看不到一个人。

走到一条两边长满了高大竹子的水泥路时，一只黄狗跟在我的后面，我担心他扑过来便加快了脚步，沿着水泥路走了一里，又沿着一条坑坑洼洼的泥路走了一里，我看见了一条满是大石块的河流，它的名字起得莫名其妙——浸仔湾。

我没有见过如此清澈的河流，翡翠做底银做面，任何点缀都显得多余，周围寂静得只听见自己的心跳和耳鸣。沿河岸而上，不久，我就隐约听到流水汩汩声，啊，是一个被树林挡住了的小瀑布，下面是个水潭。我欣喜若狂，除去衣服，赤裸着身子"扑通"一声潜入了水潭中，那种冰爽的感觉刺激着我的每一个细胞，顿时我以为自己融化成了水分子。那次，在浸仔湾，我久久不愿离去。我其实不喜欢旅游，也不喜欢看风景，但喜欢一个人的独行，这种独行没有远方，更没有诗，它不过是一种说走就走的冲动，一种洗涤心灵污浊之物的清洁剂。如此，两年后的这个冬日，我又出现在浸仔湾。

这天，友人用一辆红色的摩托车载着我，穿过了一片枯黄了的稻田，又穿过了一块无人打理的甘蔗林，最后登上了一座如被发丝大小的河流切割开的崇山峻岭。一群蜜蜂在我脑袋上空盘旋，不知是在欢迎我这位远道而来的客人，还是要赶我离开它们的领地。我小跑起来将那群蜜蜂甩掉，慌乱之间一枝芦苇出现在我面前。芦苇在寒风中孤零零地摇曳，我看着心生萧瑟之意。

我同情那枝芦苇，双手捧着它，想给它温暖，可当我端详它的时候我发现我错了，芦苇并不孤独，它是在向我招手。——它的下面是一个差不多枯涸了的河谷，它之所以摇曳是叫我跳下去，接受那冰玉般涓流的洗礼。

我纵身一跃，跳在了河谷的沙子上，只见周围怪石嶙峋，整个人仿佛置身于上古冰河世纪——这里便是浸仔湾的源头。我向河谷的上方呼喊"喂——"，却许久都没有人回应，我认定此刻这个世界只有我一人。我走了几步，弯下腰，抚摸起那潺潺细流，它纯洁、温柔、体贴，宛如抚摸了一位至爱恋人的纤纤玉手。此时，一块巨石突然跳到了我的眼帘之中，我想这必是天降之物，巨石是那至爱恋人的心，她想说她永远爱我，直到海枯石烂。

浸仔湾，这里有一条古老的河流，这里还有一座静谧的村落，它们是我生命中的驿站，我时不时要来歇一歇。

十六岁那年

　　蜿蜒的小路，茂密的松林，空旷的荒野，低矮的青山，这一切接踵映入眼帘。十六岁那年，我从大山里面来到县城唯一的高中读书，这是我第一次"背井离乡"，不舍与欢悦相互交织，像是面前有一缕曙光在等待着我们，不得不迈出去。这高中才开办不久，建在一偏僻的山坳里，半边被严密的松林包裹着，与外界唯有一条泥泞的黄土路相通。学校是敞开的——没有围墙，如果说有，便是那些荒凉的山丘。因此，我回到镇子里还对儿时的伙伴吹嘘我们的学校很"大"，包蕴着田野与山湖。

　　学校简单得只有一幢教学楼，一幢综合楼，以及一个食堂和三两幢宿舍楼。因为宿舍不够，高一整一年我们都住在食堂二楼的集体宿舍里，四个班一百多名男生铺开来，伴随着吵闹声、呼噜声，以及梦呓碎语入眠。那食堂像极了一艘绿色的巨轮，向东方驶去，推窗可见一个小池塘，每逢雨夜，宿舍里的景象犹如"共眠一舸听秋雨"。

　　初到学校遇上水土不服，饭堂的饭菜我总提不起胃口，不是豆芽炒肥肉，就是肥肉炒木耳，要么就是单纯的瘦肉，鸡蛋则索然无味，我几度怀疑是不是人造蛋。在取餐的窗口，能一眼望到厨房，只见几位外省来的大汉在里面赤裸着上身，拿着大铲汗流浃背地"劳作",见此状胃口又减了几分,好几次我都吃出毛发和菜虫。我是农村长大的,本来对吃食并不挑剔,在家里白饭泡豉油都能吃三碗饭,换了个生活环境却变了,饭菜里失去了家的味道。

学校的饭堂也并非一无是处,最受青睐的便是油炸草鱼头,可是鱼头数量有限,因此每逢中午下课铃一响,校园里便会出现万马奔腾的景象,大家纷纷去抢鱼头。我也爱吃鱼头,有时抢不到,就叫我的一位老乡帮忙抢。抢鱼头成了我们读高中时的美好回忆之一,直至今天和同学聊起往昔的时光,都是不能抹去的话题。

那会我每个月的生活费只有二百元,在农村家庭里,算得上是一笔不菲的开支,我将伙食费控制在每天六块钱,早上只吃一块钱早餐,午晚餐每顿两块多,剩下的钱用来买生活用品以及到城里的旧书摊买二手书。读初中以前我长得胖乎乎,到了高中刚读了一个学期便瘦骨嶙峋,我还曾怀疑自己是不是得了什么病,可是体检时医生又说没事,只是脾胃弱点。

我们的班主任是一位还很年轻的未婚女青年,姓L,担任我们的历史老师,管我们的学习也管我们的生活,还要恋爱,永远都是一副很忙碌的样子。L老师对我们的关怀无微不至。她怕我们放在集体宿舍里的生活费被盗,便对我们说可以代为保管,有需要的时候再找她要。我每次从家里带来生活费都会交给她,交的次数多了,连自己都糊涂,有一次我跑去找她要生活费,她告知我的生活费早就"提取"完毕,弄得我好不尴尬。

L老师开班会的情形我特别有印象,常提醒我们要多保重、多注意。刚开学的时候,她在讲台上对我们说:"你不只是属于你的,还属于许多人。"这话我记忆犹新,让我受益终身——我们确实不只属于我们,我们是敞开的,还属于父母、爱人、子女,属于全世界。L 老师作为班主任，对我们可谓尽职尽责，光代学生保管生活费这种吃力不讨好的事我想都没几个人乐意，她给我的印象非常深刻。

教我们语文的也是位女青年，姓 M，是学校里有名的美女老师，像是古代那种弱不禁风的纤柔女子，说起话来都是一个声调的，令我联想起了林黛玉，据说她是从华师大毕业的才女，擅长舞文弄墨。我父亲曾经是一名小学语文老师，小时候我常翻看他一些备课本，以及一些课外书籍，语文是我觉得稍为有点意思的科目，不像政治、历史之类的全凭死记硬背，所以我从小比较喜欢上语文课。

M 老师授课还是传统的那一套，不过她有一句话对我影响巨大："好文章不是我教出来的，而是你们练出来的，沉淀下来的。"二十多年后，我和我的同学谈到她这句话，他们都不记得了，而我一直铭记心中。为了让我们多练笔，M 老师隔一两周布置一篇命题作文，遗憾的是那时我提不上写作兴趣，只好草草交差。M 老师性情温柔、内敛，尽管她连续教了我们两年语文，我对她的了解并不多，但她的那句教诲，却成了我一生的信念。有时我会想，以 M 老师甜美的形象及她的文才，更适合去做一位美女作家，而不是老师。只是，我的想法过于浪漫主义，并不切实际，安稳才是大多数人的首选，而不是看不到结局的挑战。

其他许多老师我都还有印象。比如教英语的 J 老师，他只比我们稍大几岁，爱和学生打成一片，他高瘦的个子，戴着一副黑色边框的大眼镜，镜片厚得就如玻璃杯的底，很有书呆子的气质；比如教物理的 X 老师，他一副正颜厉色的样子，讲起课来有条有理，很是敬业，如今该有七八十岁的年纪了吧。

因为学习成绩平庸，记得我的老师并不多，但几乎每一位同学都还记得我。我是那种平日话语不多的人，心理学上的用词叫"内向"，给人年少老成的印象，也不知是不是这个原因，我成了同学眼里的"大叔"，他们喊我的时候总要在我名字后面加上一个"叔"字，我挺陶醉这种"尊称"，像是比他们高了一个辈分。整个年级共四个班，每个班有五十来人，都来自县里的各个镇子。那时读高中的人并不多，热门的还是中专，因为可以早点出去赚钱，而且当时尚未扩招，大学录取率低，许多学生都不愿意读高中。和同学交往的细节现今无从记起，似乎平淡如水，并没有什么深刻的故事发生（有些不登大雅之堂的糗事，在我的散文集《我从大山来》里面有所涉及，这里就不再赘述）。

在学校里我几乎两耳不闻窗外事，终日三点一线，除了学习还是学习，外面发生了什么大事概不关心，只是时不时给初中时的旧友写信，谈谈自己的高中生活。如果有人说上课读书是一件美好的事，那或许是读书君子的想法，又或许留恋的仅仅是那段年少的时光，上课、背诵、做题、考试于我都无比枯燥，不过是为了前程而不得已为之。我便会在教室里通过《读者》《青年文摘》《江门文艺》这些杂志去稀释那份枯燥，还萌发了一些与读书无关的爱好，譬如听歌和集邮。

住集体宿舍的时候，我用省下的伙食费，从一阔绰的同学手上买了个二手便携式磁带录音机，听起了当时的流行曲。《潮湿的心》《天意》《九百九十九朵玫瑰》《心雨》《一千个伤心的理由》不一而足。久久难以忘怀的是 Beyond（乐队名）的《大地》，那扣人心弦的旋律令人魂牵梦萦。每逢夕阳西下，我常常带着心爱的录音机，无数次地经过那片松林，那片湖泊，还有那条黄土路……落日的余晖在山林间恍恍惚惚，归巢的鸟儿从半空中掠过，歌声让我敞开了心扉。

我其实并没有音乐的天赋，对它的执着仅仅出于欣赏，但是集邮却无须天赋，脸皮厚足矣。当时流行交笔友，男同学交女笔友，女同学则交男笔友，书信不断。同学收到来信，我便厚着脸皮去索要邮票，整整一个高中我收集了一册厚厚的邮票，有数百张之多，一直保存至今。吸引我的是邮票上的风俗、人物、建筑，我感叹这个世界之大，它的大门在向我们敞开，可惜我们热衷于闭门造车，非得在书桌那方寸之地禁锢自己。

　　时光辗转近三十载，每逢再次听到那些流行曲，翻开那些旧邮票，我的记忆便会定格在我的十六岁，脑海里浮现出一些过往的人和事，随之感到一阵的惆怅——岁月缘何莫名地逝去？

　　十六岁那年，天是湛蓝的，风是柔软的，校园是敞开的，世界是多元的，只是我未能感受与珍惜这些美好，未曾有过独立的思考，这正是我现今所懊悔的。

我的故乡不在了，

却也在。

残垣断壁与回忆，

便是它的留影。

风、雨、草、人杂谈

台 风 欺 人

不觉这一年过去了一半，仿佛推开一扇门，从外面进入了里面。下半年伊始天象却骤然一变，迎来了一场台风，名曰"暹芭"，这是一个很古怪的叫法，恐怕没多少人认得这个"暹"字，我是从未遇到过。观其形状，似乎寓意着阳光进来了，黑暗溜走了，不禁感叹这造字之人用心良苦，也但愿如此吧。

"暹芭"的威力有人说是十二级的，也有人说是八级的，我并未认真考究，终日待在屋子里，以安全起见。屋檐被吹得砰砰啪啪作响，那呼声如鬼哭狼嚎，又如老猫叫春；菜园被掀得更是一片狼藉，一排甘蔗匍匐在地，一畦麦菜亦歪歪斜斜；我拉开巴掌那么宽的窗隙欲透下气，不想，刚刚固定好的发型被打回了原形。

……雨是停了，风却还在继续，乌云宛如翻腾的江水，在我头顶上飕飕穿行。湿漉漉的街道，行人没了踪影，只见一位老妇人在慢条斯理地打扫着落叶。

少顷，天又变了脸，落下霏霏淫雨，我回到房间，随手翻开一本书，上面豁然出现一个"淖"字，这"淖"又是什么来头？——

原来蒙古语也。

呜呼哀哉，处处欺人不识字。莫管如此多，先饮杯热豆浆，闲来再理论。

乡下的雨季

早上城里突然下起了一场滂沱大雨，转眼间又电闪雷鸣。我早早就已经起来，待雨渐渐变小，而后推开布满了水汽的窗棂，天空宛如披上了几层绫纱，灰蒙蒙的，很是缥缈。除了屋檐下的雨滴声，和偶尔的鸣笛催促声，周围悄无声息，顿时心里荒芜得很。——这是城里的雨季，和乡下迥然不同。

我小的时候，那山村里的雨季可精彩了，不必说池塘里的欢乐曲，也不必说山林里鸟儿啼鸣着"布谷布谷"，光是雨后到河里捞鱼虾的乐趣就令人回味无穷。

我的故乡在一座小山丘上，山下是一条逶迤蜿蜒的小河，每逢雨天河水高涨，便会从上游漂下许许多多的鱼虾，它们在浑浊的河水里活蹦乱跳。我和几个小伙伴带着竹篾编织的网子、笼子，来到河道里，撸起裤脚，争相捕捞着。收获最多的要数一种叫"河缪"的小白鱼，以及些小虾。回去我奶奶便会把我们捞来的鱼虾清除内脏，洗干净，在热锅里倒下清油，将它们煎炸成干，锅里红黄红黄的一片，散发出阵阵香郁的味道。接着奶奶又放入一小撮黑豆豉，盖上锅盖焖上一会，这样便做成了一道美味的鱼虾佳肴，用来送粥送饭，一连吃上好几天。

乡下雨季的乐趣又岂止这些，我们还会去摸田螺、捉蜗牛，每一幕都能留下隽永的回忆。我想念那时的雨季，丰富，多情，明净。

闹市野草

晚上和孩子出去散步，见地板上的夹缝中长了一株野草，叶子枯黄得难以寻出生机，仅有的一点绿也满是沧桑。那野草茕茕孑立的，孤单而凄切，看着令人怅然若失——它仿佛经历过一场蹂躏和煎熬，正在发出哀叹。

残阳暮景，一种莫名的惭愧从心里喷涌而上：我们见过无数的草，却无视了它们的名字，忽略了它们的顽强。这到底是它们过于渺小，还是我们过于恃才傲物？

我们啊，又何尝不是在夹缝中活着，日出而作，日入而息，轻轻地来，又轻轻地走，并不比那野草高贵多少啊。

罢了，罢了，越是说道，越是自惭形秽。

望　喜

我年少是在大八圩度过的。

我住的地方是一个高坡，每天放学后便要到山脚下一口水井挑水。那条下山的路有一段细小崎岖，最窄处只能容得下一个人行走，而后山路又豁然开朗，这时一眼望去便能看到一棵高大的番石榴树。

山坡下有一户陈姓人家，他家有一个宽敞的后院，紧挨着那口水井，院子里种着一些植物，黄皮、荔枝、竹子之类的，却只有那棵褐黄色树干的番石榴树特别起眼。树比屋檐还高，据说有好几十年的历史了，开花的时候整个院子一片白茫茫。那水井有一米见宽，番石榴的枝叶正好倒映在水里，风儿须臾而过，枝叶轻轻地摇曳，影子随之晃荡，如梦如水，异常安静，让人不忍抛下水桶。秋天，番石榴结的果子又大又圆，垂满了树枝，散发着阵阵芬芳馥郁的果香味，路人垂涎万分。

陈姓人家很随和，番石榴任由乡里们采摘，我也吃过好几回他家的果子，脆而带甜。陈家有一女，骄横泼辣，和我一般年纪，那时我们常常在一起玩耍，却又因一些小事不欢而散。以后许多年，我回过好几次大八都未见着她，听我的母亲说，在我还读高中的时候她就嫁人了，她有一个很喜庆的名字——望喜。

番石榴的果香，望喜的骄横，我一直都还记得。

给年少时的回信

你曾记否？你年少的时候给现在的我去了一封信，你提到了你青葱的年华、你常常做的梦，还有你经历过的那些糟心事。

你说："每逢下了傍晚最后的一节课，我便会漫步到离校园不远的一个绿树成荫的公园，那个公园是一个天然湖，它有一个很好听的名字——蝶心湖，只因它的形状像极了一只蝴蝶。我手里捧着一本英语单词本，坐在婆婆绿柳下的石板凳上，边背诵着单词，边赏黄昏中的夕阳。夕阳的余晖映在湖面上，形成了一道长长的影子，染红了整片水面。那影子在微风中闪烁着一道道亮光，就像我们血红青春的投射，这一刻特别美，是生命中永远都值得纪念的瞬间。湖边那排柳树的绿丝轻轻地摩挲着湖水，碧水与绿叶，它们两情相悦，在一个个温馨的傍晚相依相偎，令我恋慕。"

读罢你的这些感怀，无不令我动容，数十载倏忽而过，我们已度过了无数次生命中的最美时刻，也度过了几次爱与恨的交加。蝶心湖的优美我是铭记于心的，它陪伴我度过了三年时光，这种情谊可比一位友人。只是十年前蝶心湖被填平了，建起了蝶心居，你当初坐着读书的地方成了售楼部，你所恋慕的景象已经一去不复返。尽管蝶已涅槃，我还是保持着你当年在湖畔端坐看斜阳的那颗心，向往着美好，渴望着爱恋。我这样说是为了告诉你，你并没有改变，变的只是岁月，是皱纹的深度，是发丝的颜色。

你接着说："我夜里常常做梦，梦见自己带着一本自传背着一个背包，去了一个遥远的地方。那个地方是一片广袤的草原，天际线就在那簌簌羊草的背后。我整理了一片草地，铺上毯子，仰卧在上面，看着湛蓝的天空以及棉花般的云朵，我被那纯净的境界迷醉了。我想把那些云朵抓下来，可是够不着，我便翻开我的自传，边看边笑，笑自己怎么会把那些不堪和滑稽的事也记录到自传里面，我看着看着，就在草原上睡着了。"

读到这里，我沉思了良久，你梦里的那个草原不过就是我曾经的理想境地，我想象着自己生活在一片光风霁月的土地上，在自由纯净的环境里工作、读书、休假。尽管梦想是那么不可靠，但这丝毫不阻碍我们尽情地去梦想。人因梦想而伟大，这是美国总统威尔逊说的。

你给我的信写得很长很长，你还提到好多其他琐事。比如：一个酷热的暑期，你和巷子里那个你最讨厌的小姑娘到山岭上摘熟透了的桃金娘，你边摘她边吃，结果两手空空而归，你们为此又打了起来；你的老师，竟然也是你父亲的老师，他常常把你的名字喊作你父亲的名字，他醒悟过来后还责怪一番你：谁叫你们长得那么像；你用饭篮装着午餐带到学校，被一位胖乎乎的、起码比你大五岁的女同学揭开了盖子，抓了一个屁放进去，然后盖上了盖子，你恶心得把饭菜都倒了，害得你饿了一整天……

这些事，我当时确实觉得很可恨，恨不得将他们塞回他们娘的肚子里，或者打断他们的一条腿，如今想来却又觉得很可笑，我想，那是成长中必不可少的插曲，其实算不了什么。

很遗憾地告诉你，在我给你写这封信的时候，我，我们，正在经历一场前所未有的大麻烦。窗明几净、风调雨顺不过是你这个年纪最钟情的幻想，可时间会告诉你，经历磨难那是必然，而永享安乐却是偶然。我们再也回不去那个恬静且单纯的岁月了，我们所能做的，就是在这场不可捉摸的命运里，去坚守那份如湖面般镜明、如草原般开阔的心怀。

对了，你梦中的那本自传，之所以称为自传，那自然就该由你去书写，不管美好还是不堪，都应有记录。

故乡影像

墙角的那株霸王花

它的影子本早就从我的记忆中抹去，要不是今年夏天回乡再次相遇，我岂知它的芳华是如此之永恒，它的生命是如此之顽强……它便是故乡墙角那株霸王花。

我小的时候，家里有一个宽阔的后院，四周围着泥巴糊着石块砌成的墙，那墙比大人还高，里里外外都往上蔓延着密密麻麻的藤藤草草，远远看去就像一卷绿地毯。大人在后院里掘了一分地，种有葱、沙姜、蒜头、荞菜、大薯，以及一些记不得的蔬菜。

那株霸王花就在菜畦边上的墙角，孤零零的，与那些藤藤草草混杂在一起，没人会留意到它的存在。据我七十多岁的老父亲说，他十几岁还在农中读书的时候这霸王花就有了，至于怎么来的，他也是模糊。即便按父亲的说法，这株霸王花也有六十年的历史了，整整一个甲子。

六十年，物是人非。霸王花还是昔日那株霸王花，依然默默地攀附在那里，看不出它的苍老，只有那残垣断壁在诉说它经历的坎坷。

这次回去我并没有见到霸王花开的样子，小时候确见过许多回。那花朵印象中有巴掌那么大，生在长长的、带刺的叶片末端，淡黄色的花蕊被一片片雪一般白的花瓣簇拥呵护着，宛如一位冰清玉洁的少女伫立在那，令人心生怜爱。

记忆里，绽放的霸王花芬芳馥郁，惹人陶醉，它美丽纯洁、英气逼人的花姿更是受人尊敬，它不甘寂寞，在平凡的一生中无数次演绎着生命的光辉灿烂。

霸王花，墙角的那株霸王花，我愿你再活六十年。

百年乌榄树

我的故乡有一棵乌榄树——本不止一棵，有五六棵、七八棵，如今确实只剩下这么一棵。据说这乌榄树是我的曾祖父从台山一位友人那里得来的苗，那时正是辛亥革命的前夜，如今足足过去了一个多世纪。

父亲只分得这么一棵，其他的被他的叔伯们变卖个精光，早已制成了富贵门户的家私。父亲硬是不肯卖，木贩又抬高了价码依然不为所动。父亲曾经说过："我们迁走后，这房屋想必很快会成为颓砖断瓦，再到颓砖断瓦都没了，何以能在此留下生存的依据？这乌榄树我是坚决不卖的，等我死了，你们要卖那就是你们的事。"

那乌榄树和村前的小河相依，站在一座小山丘的脚下，高大挺拔，有四层楼上下，粗壮得要两个大人才能环抱住，远远看来俨然一个精兵强将伫立在那里，守护着这个已经消失了的村落。树的枝干覆盖了大半个河面，这是一条清澈而缓慢的河流，逶迤盘绕，直至消失在日落的地方。只见墨绿的树叶倒映在水底，和那黄褐色的鹅卵石交织在一起，彼此分不清谁打扰了谁；一阵微风吹过，河面荡起了粼粼的涟漪，此时树叶与那鹅卵石又撕打成了一片。

中秋时节便是乌榄子成熟的季节，可又并没有全熟，有全身紫黑的，有半紫半绿的，还有翠绿的，它们漫不经心地挂在那里，杂乱无章的。晨早红彤彤的阳光透过叶子间的空隙，穿透在这片墨绿、紫黑和翠绿的世界之中，仰望之，像极了一幅国风的油画。

树干上的皱皮及青藤格外显眼，似乎在争相讲述着它们主人的久远。我正欲爬树，怎奈这爬树的本领已全丢失，只能和这老树面面相觑……可惜的是我或许懂它，它却并不懂我。

父亲的想法也许是对的，我的故乡就快找不到片瓦半砖了——只有它——这老树，尽管已是风烛残年，可依然还在用它矍铄的精神，孤独地，无怨无悔地，坚守着它对故人的诺言。

村前的小池塘

也不知是哪一年，我还很小，并不懂事，大人们合力在村面前挖了一个六七十平方米的小池塘。这种记忆是朦胧的，就如同年少的时候看了一篇文章，如今只记起标题来，内容大抵都忘却了。后来我听前辈回忆说，这塘是听信了风水先生的话才建起的，那话的详情我猜也就是五行缺水之类的了。

故乡的塘虽小，却给了那时的我一番好的印象，就论最低的功劳：家里可时不时增添点鱼腥味；鸭子也有了它们玩耍的天地；风雨来临前，鱼儿的跳跃又成了自然的天气预报。

塘的旁边有一排整齐的苦楝树，树的下边是通向村口的小道之一，这景象平时虽不见起色，但到了秋冬季就精彩了：大人们在树丫上挂上腊鸭，任它当风抖着，像在告知我们新年就快来了；树头堆满了稻草，如同一个个帐篷，成了我们互相追赶和躲藏的乐园……

村子地势高，池塘里的水全靠天然降雨，旱季有时至深处也只淹没大人的膝盖，四周的泥块无规则地龟裂开。我和弟妹常去翻开那泥块，在底下能挖出滑溜溜的泥鳅，一些小水坑，还会有一种叫"频频屁"的小鱼在游动，也被我们一网打尽。只是这些收获成不了餐，最后都扔到空地上，成了猫和鸡的美食。

如今，故乡的塘还在那里，不过早已干涸，苦楝树只剩下几个树头，稻草的影子都看不到，儿时的场景已经没有了，这里又变得生疏了。

满江乌

2005 年后的十多年间，我从网上搜集了许多古筝 MP3 曲子，差不多有上百首，保存在一个 U 盘里，放到车里听，坐上车第一时间便启动播放器，直到车子熄火，去哪里都如此，这成了习惯。这些古筝曲子，听得最多的便是常静和付娜演奏的，尤其是付娜的，她的《高山流水》《女儿情》《天涯歌女》《天竺少女》悠扬婉转，给人心旷神怡之感，且又滋怀着一股淡淡的怅然美。付娜有首《满江红》却又是另一番风格，雄壮而悲切，也是我爱听的曲子。

说到《满江红》，还是孩子的时候我便知道岳飞的《满江红·怒发冲冠》，其中那段"三十功名尘与土，八千里路云和月。莫等闲，白了少年头，空悲切"更是人人皆能诵得。《满江红》是一个词牌，据说是由唐朝的《上江虹》演变而来的。可何谓"满江红"？明晓者寡！多以为江水被落日或红藻染红，我也是其中之一。后来读史料方知，"满江红"还指红色的木渡船。只因朱元璋赐了一艘红木船给他的恩人，文人墨客得知后为了讨好朱元璋这个大红人，便穿凿附会地把"满江红"跟红木船搭上关系。

《满江红》之外还有"满江乌"，谁又知道？

满江乌是何物？答曰：一种豆子，自然也是黑的豆子了，却又不是黑豆。这个"乌"字用得颇妙，不禁佩服为其取名之人的文才，倘若叫"满江黑"，便会联想到暗无天日的情形，使人心情过于沉重，"乌"则不同了，很明显只是强调其颜色之黑。满江乌的资料甚少，我是找不到半点，只见到被人描绘成足以染黑一条江的豆子，这说法未免过于夸张，因为我是见过、卖过、吃过这玩意儿的，对它的了解算得上半个专家。

我所知之，满江乌主要产自粤西两阳地区，比如阳江的双捷和阳春的春湾，这一带有零星的农户在种植，但均以自食为主，少有在市面上流通。不过有一年，我在淘宝上看到有商家在卖满江乌，买回来一看，果然没错。那商家是广西玉林人，玉林与粤西接壤，种满江乌便也不足为奇了，而且两广人来往甚密，上世纪（二十世纪）八九十年代，广西的妇女流行嫁到粤西地区。只是不知这豆子是从广西带来广东的，还是从广东带去广西的。总之北方是没有的，有一次东北有一个大农户，不知怎的找到了我，在我这里买了些满江乌，我以为他买来吃，他告诉我是买来育种的，后来和那人没了联系，不知最终是否成事。

在两阳地区认识满江乌的人都少，就更不必说其他地方了。有一次和当地的一位农民提到满江乌，他露出了一副诧异的神情问："满江乌？过山乌吧？！"这种豆子乍一看就是黑豆，大小一般，而且都有一道白牙，可抓起来端详便会发现大相径庭。满江乌的外形和眉豆差不多，猪腰状，白牙呈一字；黑豆的身子则是椭圆形，硬实许多，白牙只有一丁点。满江乌虽说是黑色的豆，但属性和黑豆差异甚大，该是红豆（一种粤西产的小红豆，并非"红豆生南国"的红豆，也不同于东北产的红豆）的近亲，因为满江乌和红豆除了颜色不同，外形与口感相差无几，吃起来又粉又香。用满江乌来煲骨头汤，出来的汤水不是纯黑的，而是朱黑色的，豆肉的表层也泛红，正因此，许多人便以为满江乌是不良商家将红豆染黑而得来的，那是天大的误会。满江乌熬的骨头汤，饮起来微甜，醇香，我以为比黑豆汤好饮——一种很温和的豆子，使人的胃多了些暖意。我用过满江乌来泡酒，过了两三个月揭开瓶盖，一股豆味扑面而来，饮起来很不习惯。

有段时间我很想看看满江乌的茎叶长什么模样，可是寻不得，我去请教大市场里一位批发豆子的朋友，他说他也没见过，只是听人说和红豆的茎叶一模一样。如此，从我的脑子里便浮现起了这么一幅画面：一片片水滴形的大叶片，不多，有黄的有绿的，每株不过成人膝盖那么高，成片看着杂乱无章，它的豆荚宛如缩小版的豆角，巴掌那么长，还未成熟的时候是青色的，一旦成熟便成了黄褐色，摘下来再暴晒一两天，搓起来豆子便噼里啪啦地蹦了出来。

闲听《满江红》，我便想到了满江乌这种豆子，《满江红》与满江乌毫无瓜葛，一个蜚声天下，文人名士争相沾染，一个名不见经传，人们视如草芥。我们这边的土特产众多，各场合所记载或谈论的，满江乌并没有名列其中，可见它是多么不起眼。而我以为，世间万物，并无贵贱，他们的价值没有先后顺序，不过是不同的事物起不同的作用——人亦如此。

井

  井是少有正式名字的，我见过的唯一有名字的井，叫"四清井"，一口建于"四清"运动期间的大井。这井位于镇子西北边的平畴沃土上，外方内圆，井口约莫有四尺宽，四周铺着四块花岗岩石板，已被岁月的脚步磨得泛白；井壁用青砖砌成，上面布满着绿苔，绿苔顽强极了，一直都不会少；井的外面是一堵半米高的环形水泥墙，墙上刻有井的名称和建设时间；远观，这井就是一枚巨大的古铜币。

  二十世纪八十年代末，我搬来镇子的时候还没通自来水，方圆几百米的邻里都到四清井挑水，早晚络绎不绝。今年深秋我回了一趟镇子，在老屋附近闲走了半天，见到四清井已经荒废，矮墙残破不堪。井四周的土地被人用栅栏围成了菜园，种上了黑皮蔗、菜果、芥菜、萝卜。菜园里布满了砖块、塑料袋、饮料瓶，与不远处整齐划一的、金灿灿的稻田相映，显得异常贫瘠与杂乱。

  我本对井是谈不上兴趣的，有一次刷到一个视频，讲的是公务员考题，视频上的老师（不知是不是老师）一本正经地说"背井离乡"的"井"是指父母，这说法我闻所未闻，顿时大惑不解，便做了一番"研究"。

  原来在古时，八户人家围着一口井居住，这八户人家被称为一井，井因此有家园之意，如同今日的街道、小区，"背井"和"离乡"就是一个意思。"井"也是家，可见"井"在中国的传统文化里的地位尤为重要，先人逐水而居，到一地必须先挖井，正如古诗里的"日出而作，日入而息，凿井而饮，耕田而食"。只是最近几十年，随着城镇化的发展，井的作用越来越小了，井也少见到了，剩下的封的封，弃的弃。

小的时候，我的故乡在一个山丘上，村里并没有井，父辈那一代人都是到山下的小河里挑水——并不觉得有何不卫生。那会，我没有井的概念，以为这世界上所有的人都是饮溪水、河水长大的，这是一件天经地义的事。没有井的那个年代，是我离自然最亲近的时光，饮的是河水，吃的是大米、番薯、鱼虾，都是自然醇香的。

没有井的不便多是在雨季，连绵数日的雨，河水浑浊，这时就需用上大缸，提前储备好清澈的河水。家里准备了好几个肚子圆圆的水缸，因为没人清楚雨何时才会停。缸里放着一些干净的鹅卵石，雨天，到缸里取水，缸里的水剩得不多的时候，水瓢在水里翻动便会卷起底下的石子，石子与缸壁碰撞在一起，发出"沙沙"的清脆响声，那声音给人恬静而悦耳之感。如今想来，那些水缸便是一口井，一口美妙的井，它们端坐在一个安静的角落，孜孜不倦地使心境澄明，等待着人们的享用，关键是，它还会唱歌。

在上学的年纪我们举家搬到了一个橡胶农场，这是我第一次知道有井这种东西。农场里的井很宽很浅，自然是没有名字的，裸露在一个山坳的转弯角，实为一个天然坑洼，底下铺着一层小沙石，清澈可见。这个山坳一年四季流水不断，浸润着周围的土地，时常有牛和小动物到那饮水。

农场里有自来水，自来水是场里自建的，在山顶上有一个高高的水塔，从山坳的井里抽水上来，供给整个农场二三十户家庭。天热的时候我们孩子便会带着水桶，到井边打水来冲洗身子，这井和水给我的感受是亲切的，没有任何人工的雕饰，是大自然的一部分，只是不知它算井，还是算泉。

到镇子居住的时候，我已经是少年了，父母外出打工，我和弟妹奶奶生活在一起，奶奶上了年纪，家里的家务就落到我和二弟身上。每天放学后我便会和二弟去四清井里抬水，一些乡里看到了便笑我们"两个和尚抬水喝"，我没当一回事，只是笑笑。当时用的是一种黑塑料大水桶，我那个年纪是挑不起一担的。

这井的水看下去黑乎乎的，见不到底，心里毛毛的，每次我从井里打水，都站得离井口老远，怕一个不小心滑了下去。我也少有察看下面的状况，提水时"砰"一声把水球扔下去，感到水球沉下去了，便用力拉上来。用"拉"来形容我打水最恰当不过了，胶绳以井口光滑的岩石为支点，我使劲地拉，直到见到水球卡在井口，再小心翼翼地挪过来提，因此我换绳子比别人都快。

不时有人把提水用的小桶或水球掉到井底，便找来一条带着钩子的长长竹竿打捞，搅得井水一片浑浊。四清井的水本就不甚清澈，远不如家乡的河水、农场的泉水，开始是因为它旁边是稻田的缘故，后来又有人在不远处挖了一个大鱼塘，鱼塘的水臭气熏天，渗透到这边，井水就更加浑浊了，最后这井竟然演变成人们洗澡、洗衣、洗菜的场所。

每逢大暴雨，四清井被雨水灌得满满的，还漂浮着干树枝，那水根本无法饮用，只好到街上买水，一毛钱一大桶。镇子里有人专做卖水生意，我家附近就有两档。卖水乃无本生意，一天能卖上几十桶，就有好几块钱的收入，那时我母亲在城里给人煮饭，月薪也不过一百多。我到其中一档卖水的家里看过，他家的井比洗脚盆稍大，深不见底，据说有二十多米，在昏暗的屋子里看着黑咕隆咚的，甚是吓人。我以为这便是最深，最可怕的井了。

后来读村上春树的《挪威的森林》才发现还有更为恐怖的井，那井隐藏在草丛之间，没有具体的位置，很深很深，比我所见到的井都深，三头两日就有人掉下去，掉下去摔死的还不是最惨的，最惨的是那些受伤的，要在无尽的黑暗中等待死亡。——村上所描述的这口井便是我们的人生之井，在日复一日的孤独和痛苦中度日如年。

曾经的井，清澈的，自然的，美妙的；如今的井，黑乎乎的，浑浊的，颓废的。这正如一个人年少的样子与年长的样子。

井是个好东西，给我们生命的源泉，井也是个不好的东西，禁锢了我们的自由。

井，使人盘桓，使人怅惘。

感今怀昔

　　二十五年前，我以为，天是湛蓝的，风是柔软的，水是甘甜的，人们像蚂蚁一样在大街上爬行，黑压压的一片，悠哉悠哉。顷刻间却宣告暴风雨来临，乌云密布，电闪雷鸣，人们纷纷向四处逃散，样子狼狈极了。

　　时光倏然而逝，现在的我已至中年，回想起过去这段人生路——那些蹉跎的岁月，那些死去和离去的人们——令人怅惘。有时，我又迫着劝慰自己：我不过失去了一些迟早都要失去的东西。就如儿时的笑容，灿烂、美妙、怜人，可今天无论如何故作姿态，那终究是一番表演，甚至令人看着作呕。是啊，世间之事，又岂能随心所欲，倒不如顺其自然罢了。

　　这二十五年时间里，我辗转多地，或求学或谋生，仿佛雨后一只虚胖得像充了气的青虫，在涣散着奶黄色光芒的街灯上不停碰撞，非要弄得自己头破血流为止。前不久我到我们这边一个风光旖旎的海岛度假，那一夜，我辗转反侧了良久。我闭着眼睛，数着星星，试图让自己入眠，可越是勉为其难则越是起反作用，一怒之下便跃然起身。我到客厅里踱来踱去，已是凌晨四点，附近卖猪肉和卖肠粉的小贩已经起来了，在搬动着他们谋生的工具，隆隆咚咚的。

我打开手机，上网看了看新闻，可实在没什么看头，不是拜登耍什么阴谋对付中国，就是有漂亮女生夜里出来吃烧烤被流氓殴打，还有储户往银行存了钱却取不出来……看了都是徒增烦恼。听听音乐算了，没有歌词的那种纯音乐，这会要是听到歌词也会心烦，之前有几次听着纯音乐还真睡着了，应该还是有些许用处的。我播了一首《栖霞秋韵》，听着很是凄切，更无睡意，我记得我之前是听着《灵山梵音》入眠的，这会也不管用了。

我不抽烟，却随手从香烟盒里抽出了一根烟，叼着，打火机点亮，而后又被我熄灭，如此反复了几回，踌躇不决——最后把那烟拿在手心搓得粉碎，扔去了纸篓。关了手机回到房间，撩开满是牡丹花刺绣的绿茵色窗帘布。这夜没有月色，晨星寥稀，一片透迤的薄云在渐渐远去。海平面出奇地平静，眨着几盏迷蒙的灯火，它的影子倒映在海面上轻轻地飘曳，如梦似水。那是即将出海的渔船，我经营摄影网的时候，曾经到过这些渔船上采风，他们正是这个时间开始工作的。

海面越是平静，心里反而就越是不安，海嘛，本该是惊涛骇浪的才对呀，现如同一头猛兽突然娴静了起来，它的雄风就会荡然无存，免不了怀疑它是不是在施什么阴谋。薄云果然很快不见了踪影，天空中只剩下一个深邃的黑洞，似乎那黑洞还在旋转，贪婪地毁灭一切，凝眸而视，头晕目眩。天地浩渺，凉风拂过，顿感沧海一粟，时光悠悠，我浮想联翩。

那高中是新开办的，建在一人迹罕至的山坳里，四周被严严密密的松林包裹着，外界唯有一条泥泞的黄泥路通往学校。在公交站下了车沿着黄泥路足足要走半小时的山路才能抵达，我们心里都在暗骂那规划的人定是个变态狂，莫非真的要劳我们一番筋骨？尽管如此，我在这里还是相安无事地度过了两年半的时光，只剩下最后一个学期。

十八岁时，也就是还在上高二的那年，我得了颈椎病，脖子很是难受，到县城找了一个小中医诊所做了几次针灸，似乎好了些许，长期却还是累赘，因此常常老师台上讲解，我则在下边"闭目养神"。

"温世豪——"

春日的一天下午，数学自习课，酣然入梦的我被老师的呼叫惊醒，我睡眼惺忪，一副茫然失措的样子，正在等待着挨批，直到听到"有人找你"这句话才如释重负。来找我的是父亲，他不修边幅，穿着一双棕黑拖鞋，裤脚沾满了星星点点的泥巴，父亲平日在镇子里的市场卖菜，这会不知怎么找到了这里来。父亲把我拉到教室外一个角落，有气无力地对我说："你婆快死了，你快回去看看她吧？"说时，父亲眨了几次眼，眼眶湿润。

父亲的话让我猝不及防，开学前奶奶还有说有笑，好好的，怎么不到一个月就危急了，父亲没说有多严重，若非情况紧急，他断不会到这个山旮旯的地方来找我。那会还没有电话，寄信都需要两三天才能收到。

"突发中风，已经半身不遂了，在镇里找医生看过，估计时日不多了。"

"怎么一开始不到人民医院抢救？"

"以为没什么大碍，擦点药酒便会好，结果第二天就迅速恶化，瘫了，再送去医院也没用了，而且家里实在是穷啊，只能听天由命了。我知道你婆从小最喜欢你，万一走了，怕是连最后一面都见不着了。"

"那我们赶紧回去吧。"

我收拾了一些衣服，写了请假条，便和父亲马不停蹄地快步走上了那条泥泞的黄泥路，接着在县城里坐公交车回镇子。一路上父亲忧心忡忡，我也忐忑不安，两人都没什么心情说话。

奶奶是个童养媳，一生产下十个儿女，养活了二男五女，奶奶这辈子不是在生子就是在生子的路上。我是奶奶的长孙，奶奶和母亲的关系不和睦，母亲说奶奶对我们并不好，但年幼的我不懂大人之间的纷争，我至今都无法理解一个祖母怎么会不疼爱自己的孙子。我确实也没感受过奶奶的恶意，我笃信她该是疼我的，只是未曾用语言表达。她每次喊我名字："海——"把声音拉得长长的，这喊声里面我听得出她的慈祥与关爱。

和父亲赶回镇子已是傍晚五点多了，夕阳藏匿在西山的树丫上，把人的影子拉得又瘦又长，那条儿时嬉戏的河流在不动声色地静静流淌，河里的鱼虾却是没有了。刚才路过的一片荒芜的稻田，儿时可是欣欣向荣的，奶奶带着我到这里摸田螺，今稻田已无人耕种，田埂杂草丛生，龟裂的泥土就像一位老人长满皱纹的皮肤，似乎那片田地也有终老之日。忽然间觉得，连这里的狗猫，都不吠不叫了。这般景象早就如此，只是今天看着心里发慌得很，不由得加快了脚步。

巷子里，一座残破而窄小的泥砖屋。我推门而入，光线骤然变得昏暗，屋内一片死寂。奶奶的房间是一个又暗又深的房间，只有屋顶的一个瓦片大小的玻璃天窗透出一条光柱，尘土在光柱上飞舞，能闻到一股霉味。奶奶的床本在房间的最里面，这会临时用木板架了个床置于门口的右侧，奶奶躺在席子上，没有蚊帐。她不知道我已经回来，又或者睡熟了。

"婆……我回来了。"我站在床边惴惴不安地细声喊了句。

良久没人应答，顿时我心里害怕了起来，生怕奶奶永远都无法回话了。父亲连忙靠上前看了看，摇了摇头，默不作声，挥挥手，让我出去——奶奶该是睡着了，方才我听到了她的呼吸声。父亲去做饭了，我在厅里呆坐。父亲为了准备奶奶的后事，已经将厅腾空了，只有一张已经磨损了的红漆木沙发，和一张用了二三十年的方桌子，桌子上摆着台电视机。我百无聊赖，拧开电视，声音调得很小，新闻里正播放着一位政治人物的追悼会，使我突然间联想到奶奶的处境，一下子黯然神伤。

"海，你婆喊你。"不一会父亲过来对我说。

"嗯。"我应道。

奶奶不知什么时候醒了，她听到了外面的动静，知道是我回来了。我到了奶奶的床边，先是愣着。

"婆，我是阿海，你好点吗？"

"海啊……你刚回来吗……你婆是好不了啦。"

"婆，你不要这样说……你好人有好报……会好起来的。"我忍不住内心的伤悲，几乎哽咽。说时父亲递上米饭来，没有菜，是清油和盐混的，我扶起奶奶半躺着，我一小口一小口地喂她。

"海啊……婆什么情况……自己清楚……是了……你刚回来吗……吃了饭吗？"

透过昏暗的光线，我见到奶奶的脸色已经变得苍白，两眼角收窄，半眯着，上面附着着黄色的分泌物。我放下碗筷，去取来手帕，湿了下温水，帮奶奶洗了下脸。奶奶额上的皱纹深如沟壑，皮肤松弛得如同面筋，恍然间我感到奶奶老了许多，瘦如槁木，像是九十多的老人，可奶奶这年也不过才七十二岁。

"我回来一会了，还没吃，你先吃，我等下去吃。"

"去吃吧……海……我不饿……你不要饿坏了肚子……你还要读书。"

"婆，我不饿，一餐半餐的，没什么影响，我先喂你吃吧。"

我又一小口一小口地喂起了奶奶。

"你婆没什么文化……所以是劳碌命……你不要这样子。"

"婆，你放心吧。"

"你要努力读书……不要像你婆这辈子这么命苦了。"奶奶说毕老泪纵横。

我想安慰她，却不知说什么好。奶奶身上的被子滑落了下来，我提了上来——那是一张军绿色的被单，奶奶从"文革"时用到如今——覆盖着她脖子以下的身躯。

"婆，你休息会再说吧，我等下去盛点汤来。"

"我叫你爸喊你回来……只是想看看你……"

夜里，我睡在奶奶旁边的一张床上，听着她发出一阵接一阵的痛苦呻吟声，整一夜我都无法入眠，在无奈与伤感中度过，我也没起床去看她，我知道奶奶确已经时日不多了，无力回天了。第二天我和奶奶道了别，赶去了学校。过了不到一个星期，奶奶便永远离我们而去了。

感今怀昔——现在的我，与二十五年前的我。

消失的村庄

　　学生时代，同学送我的外号听起来总是显老。小学同学叫我"老谂"（谂在粤语中是想、思考之意），这个外号还是我们语文老师发明的，五年级的时候我到镇子的中心小学插班，第一次语文单元考试得了第一，老师课堂上说："还是温世豪同学老谂点！"从此同学们便喊我"老谂"。初中同学最离谱，叫我"老温"，听起来像是五六十岁的老头，为什么叫我"老温"，记不清楚，反正也不止我一人，还有"老沙""老岑""老李"的。到了高中，辈分则降了级——"豪叔"，听着也尚可接受，这个"叔"可不是如今的"大叔"，"叔"似乎包含着"大佬"的含义，我常常听人不屑地对人说："叔未理你！"到了大学辈分再次降了一级，这会是"豪哥"了，这喊法我中意，一些娇小的女同学用普通话喊"豪哥——"，把"哥"字拉得长长的，我听着很有大哥风范，且显年轻，我为此外号沾沾自喜。这之后我一直都自称"豪哥"，各种网站的昵称、微信名，一概如此。

　　为何我总和"老"有缘？我猜是因为我比同学大一两岁吧。读一年级的时候我学习成绩极差，成了班上唯一留级的同学，原来同学们都读过幼儿园（那会叫"耕读"）唯独我没有，如此，我只能读两年一年级了。二十世纪八十年代，农村里面少有幼儿园，我们村子前不着村后不着店，更是没有。这个村子很奇怪，只有我们一户人家，周围是一片废墟，留下空荡荡的残垣断壁：冷清的石块，长满了绿苔的青砖，覆盖着一层藤藤草草，像是某个古老朝代的遗址。自我出生时便是如此，村子里十几户人家在"文革"前就迁走了，有些去了附近的大村，有些则去了镇子上，只剩下我们一幢破烂的泥砖瓦砾屋在那座突兀的山丘上摇摇欲坠。我如今都还记得那屋子的布局，左右对称，南北两个门口，一进门口便都是灶头（父子分家后各自生火），灶头的西边是一个房间，走到屋子中间则是一个天井和一个大厅（这是共用的区域）。天井是露天的，摆放着大大小小的瓮瓮埕埕，犁犁耙耙，厅里是"纯天然"的地板，墙上挂着一张毛主席像，写着"伟大领袖毛主席"。村子四面环山，正对着"刘三尖"岭，传说那是刘三姐曾经居住过的地方，我是没到过，连我的父亲也没到过，远远看去，上面的几块大石块确有几分人的模样。

村子虽小，可是有名字的，叫"塘涌村"（涌读 chōng，作为地名），这名字地图上至今都还有保留。关于这名字的来历，有一次我翻阅父亲的笔记，从中获得只言片语，大意是这样的：山上有一个牛翻滚而成的小土坑，村民刚搬来这里不久，下了一场暴雨，小土坑变成了小池塘，村民便将这地方取名"塘涌"。我问父亲是不是确有其事，父亲竟然说他也不知道，那是他根据自己的想象编的。父亲的"构思"也非毫无道理，村子前的确有个小池塘，只是比原先的小土坑大了许多倍。在我们附近有个大的村子叫"湖涌"，也没见到有湖，倒是有一个大池塘，如此推理，小土坑也算是塘了。如今看来微不足道的小事，从前在那人迹罕至的地方也是个大新闻，听说有拖拉机或者"解放牌"进来山里面，周围村子的人便倾巢而出围观一番，坐过那车的人更是阔得不得了，深受人们膜拜。

村子的最前面是池塘，池塘与屋子之间是一个不大的地堂，地堂紧靠着池塘，有一排半米高的石墙做屏障。石墙上攀满了牵牛花，露出一朵朵紫红色的花瓣，傍晚，大人孩子常常坐在上面乘凉。地堂是用石灰砂浆铺成的，灰白灰白的，沿边砂浆薄的地方已经千疮百孔，露出泥土来。地堂是家里碾谷、晾晒农作物的，一旁立着一个圆圆的石碾，石碾我们叫"石碌"，一头大另一头稍小的圆柱体大石块，是牛拉动来碾稻谷的，之所以要立着，是生怕我们小孩贪玩滚起来碾压到自己的脚。这玩意儿该有两三百斤，不知大人当初是怎么样搬到山上的，还要越过村前的一条河。

村子背靠一片大树林，有许多小动物，常见小狐狸、山鸡，据我父亲说他还在后山上见过黄猄，也是父亲说的，未解放的时候有人在山上见到过老虎。村子更是小鸟的天堂，我从小认识的便有四声杜鹃、八声杜鹃、布谷鸟、画眉、斑鸠、麻雀、鹧哥、

翠鸟，还有一种腹白背黑，头顶有一个三角冠的鸟，我们喊作"顶鬼奴"（学名红耳鹎），也是非常常见的。四声杜鹃、八声杜鹃和布谷鸟往往只闻其声不见其影。春耕之时听到洪亮得响彻山坳的"阿公阿婆——快耕快锄——"，便是四声杜鹃的叫声；八声杜鹃啼叫连绵而凄婉，我现在是无法形容出来；布谷鸟"咕咕"地叫，给人亲切而清幽之感。农忙季节，地堂里常见的便是麻雀和斑鸠了，麻雀是三五成群而至，人来了便一哄而散。斑鸠则独来独往，样子肥大得如同鸽子，尾巴夹着一把长长的扇子，走起路来大腹便便的，对人却很是警觉。斑鸠偷吃谷子不像麻雀那样狼吞虎咽，它抬着头，左顾右盼，见四周没动静再"下手"，啄完一粒又抬头再观察，我想到了一个成语——诚惶诚恐。这家伙经常从丛林里钻出来偷吃我家的鸡食。不过最讨厌的还是老鹰，在村子上空盘旋，以迅雷不及掩耳之势把鸡叼走，到附近的无人角落朵颐起来，最后落下一地鸡毛。大人还借着这种事吓唬不听话的孩子："等下崖婆（老鹰）捉走你！"

我有个本家，是我父亲那辈人，我称其三叔，在我出生之前就搬走了，去了邻近的村子。三叔小学没读完就辍学了，在家里不务正业，到处抓鸟，待赶集日拿到镇子上换钱。他抓鸟很有讲究，叫"装踢仔"，"踢仔"我也是装过的（后来的事），现今还记得大概，工具很简单，就一条长长的软树枝，一条短短的软树枝，一条白色的细麻绳（和风筝线差不多），还有几条短的硬树枝。长树枝末端系着麻绳，另一头插在地上，再将短的软树枝弯成一个拱形两头插到地上，利用长树枝的弹性，布下一个陷阱。鸟儿一旦踩上陷阱，麻绳随之弹起勒紧，捆绑住鸟儿的脚部——这玩意对大动物无效。三叔装鸟百灵百验，收获颇丰，该是有什么讲究的，我是没亲眼见识过。后来他染上了赌瘾，以赌为生，把卖鸟得来的钱全用在赌博上。他有时从我们村子经过，我母亲常常要数落他："你死咯，日日去赌！"孩提时我还不甚懂事，天天嚷着要当警察，父母去高州探亲的时候便给我买了顶海军帽，我戴到头上，便以为是警察，可以抓坏人了。我认为三叔就是一个坏人。他看见我，会喊我："海（我乳名），去等圩（赶集）咯！"我这个"警察"不敢答他，也不敢抓他——打不过他。三叔好赌，且读书少，没有女人愿意嫁给他，后来花了些钱经人介绍来一个广西女人。三叔成家后不知为何，竟然洗心革面了，把赌戒了，到珠三角做泥水工，后来成为泥水师傅。前两年我还见到过他，年过花甲，两鬓发白，跟着儿女在城里"养老"。提起他当年抓鸟卖钱去赌的往事，他不胜唏嘘："唉，不要提以前咯，穷着有什么办法……"我如今想起来，他装鸟该也没什么特殊技巧，不过是因为那会鸟实在太多了。

在我的散文集《我从大山来》中，我曾多次提到故乡的母亲河，一条没有名字的河（在我们那段是没有名字的）。后来我查阅了一下地图，没想这条河还是那龙河的源头之一，它逶迤盘旋，在下游与漠阳江交合共同汇入滔滔南海，顿时一种自豪感油然而生：儿时天天玩耍的小河，还有这般波澜壮阔的光辉史。小河至宽处不足三丈，河床里怪石嶙峋，河水清澈，缓缓流动，成了河岸两旁村民的饮用水——这一带不流行打井，都饮河水。河里的鱼虾甚为丰美，我的祖父一辈子都在这条河上捕鱼捞虾，养育他那七个儿女，祖父打鱼我是没见着（我不到两岁祖父便死了），倒是见我的伯父常常带着虾笼到里的水深处装虾。他先在虾笼里放入一些花生粑作为诱饵，晚上天黑前在河里布置好，第二天早上去收笼，提起来便见到活蹦乱跳的河虾，还有小鱼，一两斤是有的。我从小就是吃着河里的鱼虾长大的，煎至黄，再用豆豉焖一下，送起粥来那可是难得的美味。后来人心膨胀了，流行起了电鱼、炸鱼，电鱼不足为奇，炸鱼则堪比战场放炮，杀伤力巨大，一炮下去大鱼小鱼横尸遍野。附近村子有个老男人，没有老婆孩子，不知姓甚名谁，人称"独臂佬"，一只手断了小臂，另外一只手断了掌（我母亲说她刚结婚来村子的时候他便是这副模样），不知是冲锋打仗还是炸鱼致残的。他常常在我们村前一道较深的河湾里炸鱼，用的是土制雷管，几个一扎。他先在河里投下鱼饵，待鱼儿聚集在一起，便点燃雷管然后用脚踢到河里面去，随之"砰"一声巨响，水花四溅，片刻便带着网子到河道里捞取"劳动果实"。我们不敢靠近，只能在高处远远地看着。"独臂佬"从来不说话，炸完了一个地方又换一个地方，他是不是一个哑巴？他炸鱼是自己吃还是像三叔那样带到镇子上换钱？这些我都不清楚。

"海，去冲凉——"大人做大人的事，小孩玩小孩的，表兄添哥常来他外婆家住，太阳下山时就喊我去河里游水。添哥比我大两岁，长得黑黝黝的，夏日里，他不爱穿上衣，成天只穿着一条短裤头。他长年累月剃光头，有人问其何故，他回了句："我爸说悭好过赚！"他有个毛病，说话时老频繁地眨眼睛，我小姑姑笑他这样子以后娶不到老婆（这毛病后来该是改了，要不然他怎么又娶了老婆）。我们说的游水不过就是跳水，河道浅，确游不起来。河岸上有一棵很粗壮的牛奶树（学名对叶榕），长着密密麻麻的如无花果的果子，但是吃不得，摘下便会滴出来牛奶状的白色液体，这树垂到河面，成了我和添哥的跳水平台。添哥先带头跳，他胆子大，曾经活捉过水蛇。添哥扑通地跳到河里，便喊我快跳，我紧跟其后，溅起水花的那瞬间感到无比快乐。我们落到河中又爬上牛奶树，如此反复，玩得不亦乐乎，跳累了便算洗完了澡。我每次跳水必喝几口河水，添哥却毫发无损，他家就

在这条河的下游，那里的河宽敞得多，他从小在水里玩大的。

河道虽小，发了洪水那又是另外一番景象，我们称之为"出河路"，意为浑浊河水就像一条大路，我们在山丘上看着绵延的"河路"，宛如一条黄丝巾，向山外飘去。有一年，我家在镇子里买了台华南牌缝纫机，那天刚好下了一场大雨，回来的时候河水还很凶猛，四五个大人出了九牛二虎之力才抬了过去。我父亲那时在大队部一所小学做老师，遇到"出河路"回不了家只能暂住在学校里，待上两三天再回去。"出河路"时我们孩子是不敢去游水的，只试过一次，雨早就停了，河水也渐渐消退，便想着去河里"漂流"。漂了一段距离，感到累了就踩下去，结果整个人被淹没，喝了好几口水，原来河床被洪水冲刷后深了许多。我小学是在红五月农场第三小学读的，学校不远处有一条大河，这河便是我家乡那条河的下游。我读二年级时的班长，人很聪明，每次考试都拿第一，到了第二学期却没来上学，后来听老师说他死了，是"出河路"时在河里玩水淹死的，那年他才七八岁。

我们从小在这河水里嬉戏，饮用这河水，外面的世界一概不知；也许是缘分，三十年后我又生活在它的下游。

据说，这村子的祖先是恩平那边的，洪秀全造反的时候迁至此地，"大跃进"期间村里人纷纷往恩平跑，我父亲也跟着去，可不知何故，后来大部分又回来了，只有一户留在恩平，那户人家现与我们已经没有了来往。

棺材与鬼

　　年少时，尚未懂得何谓生又何谓死，似乎死也不是什么可惧怕的事，听说附近有人死了，就如一头牛羊死了一般，漠不关心；鬼也未遇到过，不过是人们互相吓唬的题材。可是，让我一度闻之色变的是棺材，那种一头大一头小的，带有一个轻微弧度的实木棺材，涂上黑色或者红色的油漆，头尾再绘上蓝白线条的牡丹花，静静地躺着，像是正准备着迎接谁进入万劫不复的深渊中去。

　　在我不到两岁的时候，我的祖父便驾鹤西去了，母亲还常惋惜道："你爷爷是个好人，可惜死得太早了，你那时才学会走路不久，穿着开裆裤在厅里走来走去，还顽皮地爬上你爷爷的棺材。"孩提时不懂得生死，也不懂得棺材，思想里有"棺材"这一概念该是四五岁的时候。那时，我们的家在一座荒岭上，附近村子有老人去世都往这里埋葬，有些坟茔离我家门口不过数十米。之所以如此，缘于我们村子的破败，除了我们一户都陆续迁走了，这自然就成了各路阴魂的幽静后花园，而这种事若放在其他村子便会遭遇到村民的强烈抵制。

　　孩童时候的事大抵都忘记了，可看人家抬棺材的事永远都那么历历在目。我们听到一阵尖锐且间断的唢呐声，便知道是别人家死了人，正抬棺材到山岭上掩埋，兴味盎然的我们便跑到高处观望，看热闹。每次都见到山脚下八个大汉，抬着一副巨大的黑色或红色棺材往我们村子方向气喘吁吁地攀爬——那场面如古时官家出行——后面跟着披麻戴孝的老老幼幼，隔一小段距离便放一阵鞭炮，响彻了整个山岭。在这个孤独的村子里，看抬棺材成了我们最为隆重的娱乐，所幸的是那时我只知这仪式的隆重，并未听说世上有鬼，更不晓得悲欢离合，我的那段岁月可谓是在一次又一次看抬棺材中度过的。

后来我们也搬走了，去了一个农场。这时我已经是上学的年纪了，抬棺材的事就罕有见到，可是要走一段十里山路到学校，山路两旁阴森的橡胶林里布满着坟茔。那会稍为懂事，而且一些顽皮的同伴爱拿鬼来吓唬人，说鬼就在坟茔里面的棺材里住着，以致我走在山路上总害怕有什么东西从土里爬出来抓住自己，吓得只好拼命地往学校或家里的方向狂奔。倘若是旧的坟茔还不大害怕，最害怕的是新坟，地底下的棺材尚完好无损，里面的鬼定也有模有样。我那时听说，人死了之后会变成面目狰狞的鬼，问大人，大人也说世上确实有鬼。因为心里有了鬼，从此便对和死人有关的事与物充满着惊恐，尤其看到那硕大的棺材。

可是天意弄人，我到镇子上读书之后，每天上学都要路过两家棺材店。那是镇子里仅有的两家棺材店，一家店面很窄小，另一家则很深长，离得不远，都不贴对联，也没招牌。里面堆放着寥寥可数的几具棺材，原木的，并未上色。至于为什么看不到有上了色的棺材，是风俗变了，还是买后再上色，不清楚。开始的日子里，我都不敢正视那些棺材，匆匆而过，避之不及。后来也许夜路走多了，也就不怕鬼了。我常常见到棺材匠在现场刨制，满地木屑，久而久之便又觉得棺材不过是一件特殊的木头家具，也没什么可怕的。

有一次我读一本书，了解到我们当地有这样的一种风俗，就是人在临终之前，他的亲人一定要找人帮其理发，如此到了阴曹地府会给阎王留下好的印象。阅后，我感到这是恶俗，痛心制定这一规矩的人之愚蠢与残忍。人死后是否能在阎王面前获得好印象，无从考证，可是人活着的时候，最后一丝对生存的渴望都被无情地掐断了。倘若弥留之际我们想继续活着，又或只想静静地死去，却见到亲人搀扶着自己端坐着，接受着理发师的"死亡宣判"，那一刻该是多么绝望。

　　如今，棺材店没有了，棺材是不那么容易见到了。我以为，它不过是稍大的木头雕刻，无足轻重。至于狰狞的鬼我这辈子也未曾见识，只知人对死亡有恐惧，对生存有渴望，而去施以恐惧或断绝渴望的人，那才是真正的鬼。

漫谈过年

老广有"冬大过年"的说法,可我活了四十多年了,从未感受过冬至比春节更为隆重。在漠阳江一带,冬至,煮一镬圆子(一种地方独有的汤圆),祭拜下神灵,放几串鞭炮,匆匆而过。据说黄帝的时候,以冬至为元日,因此"冬大过年",现早已时过境迁了。不过,我们邻近的茂名、湛江"年例大过年"确有其事。我的外祖母便是茂名高州人,我家在那边有一众亲戚,每逢要去探亲,他们都叫我们春节不要来,到了年例再来。为什么?——睇年例,热闹!

年例我是睇过的,很小的时候,正月里。睇年例就是观看一种被称为"游神"的活动,长长的队伍,人们穿着喜庆的服饰(这种服饰以红色和黄色为主调,平时是不穿的),舞着长龙、狮子、抬着花轿、花船、神像,以及煮熟的牲口,旌旗招展,锣鼓喧天,鞭炮隆隆,穿街过村。这一天万人空巷,乡邻乡里都要出来沾点喜庆吉利。一番热闹过后,便是大摆宴席,吃吃喝喝。我们小孩对这些繁文缛节不懂,睇年例也就是凑热闹,有好吃好玩的便是。直至今日,我都不大认可年例,始终认为多少都充斥着一些迷信色彩,比如捉妖、烧小鬼、请神、送神这些,不过是人们幻想出来的虚无对象,然后进行一番徒劳的表演,那种大吃大喝更是铺张浪费、劳民伤财。

在我的故乡，过节是没有外祖母那边那么热闹的。

临近除夕先扫屋尘，扫屋尘不只是扫尘埃蛛丝，而是一场大扫除，各种蚊帐被铺、板凳椅子，择阳高光暖之日，全家男女老少忙碌个不停。扫毕屋尘，备好对联、牲口、食材，便万事俱备只等除夕。除夕这天，家家户户都要杀鹅，杀鹅是故乡这边的风俗，而少有杀鸡的，因为鸡的体型没鹅大，大人说这些东西是给神吃的，要讲究礼的"大份"。

除夕早上吃圆子是我们过年的重头戏，其重要性超过晚上的团年饭，我从小过年都是盼着吃圆子的，团年饭则无关紧要。这天，大人一大早就开始 tāng（粤语中常写作"劏"，意为宰杀，剖开肚皮取出内脏）鹅，接着 xiá（粤语中常写作"煠"，意为用大量沸水在炉火上将肉质较韧的食材炊软炊熟）上一大镬鹅汤。这些鹅汤可是好汤底，用来"蒲"圆子（"蒲"字是方言，做动词，指在水、油中煮那些会浮上来的食物）。这边的圆子并不圆，不像北方的汤圆，圆溜溜的，而是手指那么粗，约两厘长的圆柱体糯米粉团，没有馅。它的加工很简单，在糯米粉上加入适量温水，和成粉团，再搓出一条条圆形的"粉绳"，最后剪成一粒粒便是。这种汤圆似乎只有我们家乡这边才有，我到过很多地方都没见过。我曾经上网查过"圆子"，百科还真有这个词条，可是打开一看，根本不是一回事，里面没有提到我们这边的圆子。我们这边"蒲"圆子以白萝卜、鲮鱼、瘦肉做配料，起锅前撒上一把香菜和蒜叶，镬里翻滚的景象如皑皑白雪中露出了一棵棵绿草，清新、肥美、令人垂涎。吃起来甜而不腻。如今人们是不吃鹅汤了，一律地倒掉，圆子的配料变得繁杂了，加入腊肠、瑶柱、鱿鱼丝、鸡肉、虾米、鲜贝，料多得已经喧宾夺主，失去了过去的传统风味。

贴春联、拜神这些都是大人做的事，拜神的时候先带牲口到庙堂里拜一轮，点上香火、银宝蜡烛，大人口中念念有词，斟上三轮茶和酒，最后放一串鞭炮便完事，然后回到家里拜祖先堂，如法炮制，整个过程急急忙忙，看得出大人不过也是走个形式。前人留下的习俗，后辈只好跟风模仿，我如今便是如此捣鼓，这被称为"没神心"。可是，神，谁都没见过。

那些宗教色彩的祭祀我们是没有兴趣的，在孩子看来，过年就意味着有好吃好玩的，乡下可玩的其实并不多，不过就是在鞭炮上做文章、炸老鼠洞、炸牛屎。除夕每家每户都要做"妈"吃。"妈"是我们这边的方言，不是妈妈，而是各种米饼、包点的统称，这个字本该是米字偏旁的，可字典没这个字，人们只好写作"妈"。过年的时候，乡下人见面常用的问候语便是"做妈咯！""吃妈咯！"我外祖母那边则把"妈"叫作"籺"。

我们从小吃得最多的"妈"便是木薯饼、杯子印、叶贴、煎糍、粉酥、酥角，其中以杯子印、酥角最多。

杯子印其实就是甜的米粉团，用茶杯做模，成型，再蒸熟，灰白色，干巴巴的，不好吃，但是可保存的时间长，饿了嚼一个也不失为一顿美食。如今物质丰富了，杯子印日渐淘汰，少有人再吃这种米粉团了。酥角则美味多了，它香脆，模样像饺子，用面粉、白糖、鸡蛋搓成的皮，里面包着花生、芝麻，边上捏出绳索状的花纹，经油一炸金灿灿的，像一个鼓起的钱包，寓意财源滚滚。如今家庭里是少有做酥角吃的了，不知何故，如果说油炸不健康，可是油炸的东西多了去了，还不一样在吃，不过超市里依然有一袋袋包装好的酥角在出售，那多面向外地来的旅游客。

过年我们有时也会"蒲"煎糍。煎糍不是煎出来的，而是用油"蒲"出来的。将糯米粉压成薄皮，卷起来吹成一个像是泄气的球，用花生油"蒲一蒲"便又鼓了起来，圆圆的，如果太大，凉了后就会很快瘪下去。镇子里一个老妇是专门卖煎糍的，五毛钱一个，她做的煎糍味道确实是香，而且周正，小小的，不会泄气，每天都卖个精光。那老妇叫丽云，人们便称她的煎糍为"丽云煎糍"，小时候我常常攒钱买来吃。后来我到她屋子里看过她做煎糍，发现竟然是用嘴吹气的，口水都吹了进去，感到很不卫生，便少吃了。过了些年，她死了，从此镇子里便失去了一道美食，其他店做的煎糍远远不及她的。

粉酥也叫炒米饼，炒米饼与佛山盲公饼、中山杏仁饼、广州鸡仔饼合称广东"四大名饼"。粉酥其实就是干的粘米粉团，不过大米碾成粉之前要炒至金黄色，用带花纹的木模具将米粉印成一个个圆形的饼（花生碎做馅），不用蒸气炊，而是放到炭炉上烘烤。粉酥吃起来最容易上火，那火之大比酥角、油糍有过之而无不及，我很少吃。木薯饼便是油炸的木薯片，同样也是上火之物，很脆口，和炸薯片差不多，不过木薯饼是白色的，我曾经写过一篇《木薯饼里的幸福》做过专门的介绍。这种饼在农场的时候我经常吃，离开农场后便再也没吃过了，估计很多人连听都没听说过。

叶贴也叫"叶妈"，因贴在菠萝叶上而得名，目前依然是当地最流行的小吃，经久不衰，市场上到处可见有人在售卖。叶贴刚脱模的时候形状和炒米饼差不多，不过它是用糯米粉加工而成的（炒米饼使用粘米粉），花生做馅，吃起来软糯，不会上火，这些都是它备受欢迎的原因。叶贴有咸的也有甜的，甜的多数用黄糖，咸的我一次能吃两三个，甜的则容易发腻。叶贴，炊软趁热吃最美味。在两阳地区，我偏爱阳春的叶贴，它的馅料里面加了红葱头，红葱头炒的馅不但香，而且它具有刺激食欲的作用。阳春叶贴炊熟后外形完整美观，那是因为他们的糯米掺有少量粘米的缘故，不像纯糯米做的叶贴，炊熟后软塌。有段时间我在城里一所中学附近，见一位中年男人开着小车，用一个箩筐在路口摆卖叶贴，上面用牌子写着"阳春叶贴"。我听人说，他靠卖叶贴养全家。单靠卖叶贴养全家，这说法我以为有点夸张，但卖得好的话一天确能卖上百只，有阵子我就曾经干过这买卖。

过年，我见到我们这边有些人会做年糕吃，整一大盘，外形看起来像马拉糕，切成一块块吃，我吃过一次，实实的，甜腻，不喜欢。

我外祖母那边过年做的粑和我们家乡差不多，万变不离其宗——都离不开米粉，不过是形状和馅料不同。他们爱在粑的中心的位置点上一个红色的点，以图喜庆，比如白色的寿桃粑（类似叶贴，馅不同），青黑色的艾粑（原料为糯米粉和艾草），都如此。那红点不知为何物的染料。苏木？每次去外祖母家，妈妈都会带回各种高州粑，分给农场里的左邻右舍，他们却吃不惯，说不好吃。特别是高州的粽子粑，包裹成长条，外观粗糙，人们说没有粽子的样子——他们有过年包粽子的习惯。我是在茂名（高州是茂名代管的县级市）上的大学，大二的时候有段时间晚上常常买这种长条的粽子做夜宵，小小的，一口咬下去刚刚合适，花生虾米馅，很是美味，如今都还留恋着它那冒着热气的样子。正所谓一方水土养一方人，"妈"还是故乡的最有滋味。

时过境迁，像过去那样家家户户过年做"妈"的情形现在是没有了，人们更愿意用钱去买，而不是亲自动手，何况自己做的也没外面卖的美味。做"妈"年轻一代是生疏了，我家也很长时间没过，取而代之的是商城里买的各种饼干、巧克力、鸡蛋卷、威化饼。

除夕夜很是热闹：收红包，踢（驱赶之意）鹤神，放鞭炮。红包是家长给的，五毛一元的，意思意思，图个吉利。时至零点，父亲一手执火把，一手执木棍，口中不知念着什么，到屋子里的每一个角落都晃一下、敲一敲，留下满地的黑火灰，此举谓之踢鹤神。鹤神是什么来历，我没仔细研究过，定是凶神，因为平时见人常用"鹤神"来咒人。踢完鹤神便是放鞭炮，鞭炮声噼噼啪啪地响彻夜空，直至凌晨三四点都还有零星的响声。穿新衣过新年，妈妈教我们年初一不扫地，为何？谓之堆金积玉，这天满地都是金银财宝。年初一这天城里人流行"行大运"，"行大运"便是到周围逛一圈，兜兜风。我们在乡下没有这种习俗，确实也没什么地方好逛的，多是待在屋子里，一家人做"妈"，吃瓜子，打牌，看电视。到了年初二"开年"，开了年那才算开始新的一年，便可以走亲戚了，开年的礼节也是杀牲口祭神。如此，除夕的鹅肉还没吃完，初二又来，以前没有冰箱，吃了几天的鹅肉都有腐败味了。为什么不杀鸡？可以，但是要是大阉鸡。小母鸡呢？

不行。还是那个原因，不够"大份"，曰：供奉神灵，牲口太小，神会不开心，不保佑！

到了我儿子这一代人，他们在城里长大，春节过得那是苍白得多了，炸老鼠洞、炸牛屎这些与他们无缘，圆子是怎么样做出来的都不清楚，除了收红包、吃零食、逛街、看电视之外，无他，连鞭炮散发出的火药味都少有闻过。春节没过几天就得去补习了。

关于中国春节的形成，我曾经听到这么一种说法，那是因为古人常常食不果腹，辛劳了一年，便要找这么一天来犒劳自己，但又不能说是自己想吃，只好借着供奉神灵祖先的名义来饱吃一顿。这说法想来甚有道理，其他节日也大概如此，无一离得开吃，给神吃的佳肴，最终不过进了人的肚子。且我不明，如果是善神，定普度众生，怎么会允许杀生供奉它？如果是恶神，我们又何必喂饱它？分明只是人想吃！过去，农耕社会物资匮乏，吃一顿都要煞费苦心，最近几十年我们填饱了肚子，也就不必期盼逢年过节大张旗鼓地吃了，年味、节味随之也就淡了。

故乡的豆豉

　　我的家乡是一个盛产豆豉的地方，豆豉被誉为当地的"三宝"之一（另外两宝是小刀和漆器）。这里的豆豉之所以备受青睐，据说和当地的气候有关，独特的亚热带季风气候，滋养出来了一种油性极为丰富的黑豆品种——油小豆，以这种黑豆作为原料发酵出来的豆豉，酥松，醇香，甘甜。这边的人可以说是从小吃豆豉长大的，一日三餐都离不开豆豉，蒸鱼，焖肉，配菜。有一回我还听人说豆豉蒸水煮蛋是一道美味，总之，豆豉脾性温和，搭配万千食材皆相宜。我们吃豆豉吃到了什么程度？比如说有人脸上长了黑痣，别人便会调侃：你是不是吃豆豉吃多了？

　　可是有一种豆豉，后生一代是没吃过的，小时候在故乡，我们常常用它来送粥、拌饭。这种豆豉用黄豆子制作而成，类似于现在超市里卖的黄豆酱，但没有那么稀巴烂，还保持着豆豉的颗粒状，闻起来清香，略带酸味，吃的时候也不用蒸煮，舀起来，直接铺到粥饭上就吃。那时，没菜下饭的时候，它就成了不二的选择。我们叫这种东西作黄豆豉，其实称为黄豆酱更为准确。黄豆豉是我奶奶做的，那时候还小，我自然也不清楚她是怎么样捣鼓出来的，只知道她用一个约莫一尺高的瓦埕装着，土黄土黄的黏稠物质，看着很倒胃口，没想吃起来却是美味。后来我问我的母亲，奶奶的黄豆豉是怎么样做成的，便有了大致的了解：先选上成色好的黄豆浸泡一夜，第二天煮熟晾干，再加以米饭和"发粉"（发酵粉）进行搅拌，然后放入埕中，放置于阴凉的角落发酵，过段时间便可食用。

奶奶用的黄豆是一种当地的品种，状扁，微青，与东北又大又圆的黄豆差异甚大，这种黄豆在二十世纪八十年代我们这边的农村几乎家家户户都有。我家的自留地上每年都种有一小片，依然记得那渐黄的豆荚，全身长满了细毛。黄豆也可以炒来送粥，炒至没有了"臭青味"，加入油盐拌匀，吃起来很干脆。有卖豆腐的上村卖豆腐，还可以用来换豆腐。这种农家黄豆最近几十年几乎消失了，而被一种又圆又小的"白豆"一统江湖，白豆也是黄豆，只因黄中偏白而得名。为什么会有这种改变？我想是因为过去的黄豆不甚饱满，青黄混杂，而新品种圆圆净净，色泽均匀，更符合现代消费者的审美观。

我家和豆豉还颇有渊源。我四五岁的时候，奶奶跟着伯父到镇子里面定居了，几个姑姑也嫁了人，村子里只剩下我们一户人家。听我母亲说，有一年冬天，国营红五月农场的书记带着几个人来到我们村子考察，在乡下人眼里看来，那可是大人物，母亲煮了一锅粥款待他们。可是没有下粥的菜，母亲便搬出了一埕黄豆豉，在她看来那可是很羞愧的事，只是村子不挨市也不着店，不得已而为之。热粥配黄豆豉，没承想那伙人吃得津津有味，书记对黄豆豉赞不绝口，还要了些回去。那书记见我们单家独户在这村子里务农，便劝我的父亲和母亲到农场里做工人，他们果然言听计从，从村子里搬去了农场。小时候我常听母亲提起那个书记，说没有他的关照不知何时才能够走出去，他俨然成了我家的大恩人，现在我是没了那个人的印象，连名字都不记得了。

和豆豉的渊源不止于此。九十年代，我家从农场搬到镇子里定居，在镇子里的市场卖菜，母亲常常送菜到镇子里的一家豆豉厂，结识了厂子里的老板，你来我往，关系甚好。那时我还在一所高等专科学校读书。那豆豉厂我是熟悉的，念初中的时候我就知道镇子里有一家益智果厂和一家豆豉厂，豆豉厂在镇政府的附近，镇子里唯一的那条河流的河畔，里面有许多黑色的坛坛罐罐，一个个簸箕上晾晒着豆豉的半成品，从那里路过会闻到一股浓郁的飘香。他的豆豉经常摆在市场里卖，很受欢迎，更多的是销到外面去。我家吃的就是他家的豆豉，甘甜，清香，实净，水洗后还保留粒状，我喜欢这种还带点嚼感的。

我出来工作后，母亲对我说豆豉厂的老板说我"人还老实"，想将他一个千金许配给我，他女儿与我从未谋面，遵父母之命我要和她见一面。这时我已经去了城里定居，经营着一个摄影网站，平日里到处摄影采风。见面前我郑重其事，心想得做足功夫，好找些共同话题博那千金的欢心。姑娘家是做豆豉的，没错，到时不妨以此拉近距离，可豆豉我吃多了，但它是如何做出来的却一窍不通。我便约了几位影友，到城里的一家豆豉厂去摄影采风。从中了解到了豆豉的制作工艺。文字上说要经过十八道工序，我概括了下，其实没那么复杂，主要是浸豆、蒸豆、制曲、洗曲、配盐、发酵、晒干。其中制曲是重中之重，这一步是否处理得当影响到豆豉的品质，曲菌采用的是天然的豆豉曲。先将晾干的豆坯摊到簸箕上，覆上稻草，放置在常温的室内，第二天便会培养出细小的白色菌丝，第三天翻动一次，第五天便完成了制曲继而进行洗曲，然后入埕发酵一个月再晒干便可，整个过程需要经历三四十天。晒干的标准也很有讲究，用手抓一把，握起来，再放开，不粘在一起便是。豆豉的制作工艺我是学会了，可是与那个姑娘的好事却告吹了，见面吃饭的时候也没提到豆豉半个字。

　　我爱吃豆豉，但偏爱那些小作坊豆豉，譬如家乡的豆豉，那方迎合凡夫俗子的口味。如今市面上也有一些灌装即食豆豉，我没有吃过，不知味道如何？奶奶做的黄豆豉，也是即食的，在那个物资匮乏的时代勉强算是美味，如果现在还有，不知能否咽下去？

我们拉着一艘船

我们拉着一艘船，

它是生活之船，

责任之船。

城里的乡下人

"乡下人"这种说法，假若放在十几二十年前，那是对农村人的一种轻蔑，可时过境迁，如今这个词已经蜕变为中性词了。谁要是喊我作"乡下人"，我会毫无意见，那不见得就是无礼，不过是事实。

我这辈子所接触的，大部分都是乡下人，现在不需要去农村了，这些年来的城镇化，农民纷纷涌入城市，在城市的每一个角落都能看到这些乡下人的身影。我一直都觉得，人们不过是换了一个地理位置来居住而已，包括我自己，在城里居住这么长时间，但也并非真正的城里人。至于"城里人"又如何定义，我其实也不清楚，似乎看不出什么分别，你要说我是城里人也没问题。

乡下人也好，城里人也罢，我不必去分出彼此，身份的差异更多是来自人生价值观的差异——是文明的还是愚昧的。鲍参翅肚并不代表文明，青菜白粥也不意味着愚昧。

摆摊的收入

那是初冬的一个傍晚，我送货来到南排的一条窄小的巷子里，此时天渐渐沥沥地下起了小雨，我没有带雨具，只好在一户人家的屋檐下躲避着。四周出奇地静，顿时一股寒意在体内乱窜，我浑身发凉。

这户人家半掩着大门，我从门缝里透过那昏暗的光线看到里面有一对中年男女，在搬着一些盘盘锅锅上一辆三轮车，他们正在准备出门，看样子这该是夫妻俩。一个两三岁大的小女孩正扯着那女人的衣角，也想跟着他们出门，那女人有点不耐烦，把小女孩生硬地拽开，小女孩顿时又哭又闹。

"老板，去摆摊呀？"我生怕他们以为这站在门口的是坏人，便主动向他们打了个照面。

"是啊。"那男的瞥了两眼我，应道。

"哦，你这是卖什么来的？"

那男的指了下三轮车上竖着的牌子，有气无力地说："哪，就这些。"

我的视力还不至于太差，在我第一眼往这屋子看去的时候，我就晓得他们是夜晚出来卖云吞的"走鬼"，这样一问就成了明知故问。

"挺好的，总比没工做好。"我说。

那女的也瞥了两眼门外的我，似笑非笑地抢着说："好个鬼，没什么钱赚，城管又赶。"

"哦，现在城管很卖命的。"我同情道，又好奇地问，"一天能赚个几百吧？"

"有个蚊子，有几百又好啰，一共才卖不到二百，你说有几多赚？"那女的一副无奈的表情，说起话来眼角的鱼尾纹格外显眼。

雨还没停，这对夫妇就出门了，我一直看着他们步履维艰的背影，直至他们消失在一个巷道的转角处。那个小女孩被一个老妇抱着，没闹了却一直在哭，整条巷子都要沸腾了……

雨停了，我也走了，那小女孩的哭啼声才渐渐远去。

远 大 志 向

今天到塘围送青梅酒，在城中村送粽子，入小区送土鸡蛋。我的日子就是这样，从这个城市的东边到这个城市的西边，从这个城市的南边到这个城市的北边，不停地穿梭着。

曾经也是在一个如此寻常的日子，我在城中村遇到过一位年轻人，他起码比我小二十岁，我们攀谈了起来。他谈他的人生计划，谈他的远大志向，说赚到钱之后要弄一个属于自己的庄园，那庄园起码要有一百亩，他问我对此有什么看法。我第一反应就是他问错了人，一个有志向的人和我这种没有志向的人谈志向，简直就是对牛弹琴。

我直言不讳："后生，我没有什么志向，我是最没有志向的那个人了，你不应该问我这种问题。"

那年轻人又问："你没有志向？……好……那你现在有什么目标吗？"

志向和目标有什么区别？年轻人绕来绕去都是同一个问题，我不堪其烦，便应付道："我的目标呀？说来也很简单，我的目标就是少一点被别人收割。"

"此话怎讲？"

"人物平安、头脑清醒，就是我现在的目标，这样就不用被收割，不用交智商税，除此之外，至于吃什么菜、住什么楼、干什么活，都很闲……"

年轻人似懂非懂，叹口气，也不告辞就走了……他的身影和他的远大志向一同，没了踪影。

酒鬼的叮嘱

但凡喝酒之凶猛已经进入"鬼"状态的人，我从他来电的言语中就能嗅出一股酒味。"老板，送二十斤米酒来……四十度的……记得给点'正野'哇……"早上刚出门我电话就响了，又是他，说着不利索的话，给人浑浑噩噩的感觉。

他冒出"正野"两个字让我莫名其妙，此前未曾这样叮嘱过。说来，这个老家伙嗜酒如命，每个月都要在我这里买三四十斤米酒，花销三百多元。莫非是说我之前给他的不是"正野"？如果不是"正野"，那为何还继续买？如果是"正野"，那么这次再加上"正野"两个字岂不是多此一举！我想，他一定是饮酒饮疯了，胡言乱语。

老家伙和我是大八老乡，家住在南排，我开着车带着两瓶酒，拐几个弯就到了。

"老乡，上次我饮醉了，说话不知轻重，你不要介意。"老家伙接过米酒，赔着笑脸说。

那是两个星期前的事情了。那晚我正要上床休息，老家伙来电了，我爽快地接了电话——肯定又来生意了。哪知还没等我反应过来，电话那头就是一阵痛骂，一会说我"吃得太咸"（价格高），一会又说我送货慢，最令人受不了的是，他说我小时候偷吃过他家的甘蔗。

"没事，你要是天天在我这买酒，有钱我挣，我年初一给你骂都没问题。"我故意激他。

"哈哈，见和你是老乡，才帮衬你的，一定要给'正野'我哇……"老家伙又提"正野"，啰啰唆唆的，他那沙哑的笑声中隐约流露着几分期待。

"正——正到不愿正去！"我拉高嗓门应道。

老家伙说话糊涂，可付起账来一点都不糊涂，微信扫码，支付，从没见他在数字后面给我多按一个0。老家伙不糊涂，他清楚我的酒是"正野"，他只是肉痛他的钱的失去，以图通过我的肯定答复来减少一丝这种痛苦。

猪肉佬的难处

家家都有本难念的经，这猪肉佬也不例外。

在人们的观念中，普遍都有这么一种看法：谁的钞票越多谁就越会"捞"。猪肉佬曾被坊间誉为月入过万的群体，的确，月入过万算可以的了，只是这个数字的背后却付出了诸多的牺牲。说来，那便是猪肉佬的难处——

每天凌晨四点，人们还在睡梦之中，猪肉佬S就已经开始了他忙碌的一天，也只有早起才能在屠宰场选到好肉。早出晚归，风餐露宿，没有丝毫的喘息时间，猪肉佬S坦言自己不过是在拿青春与健康去换取物质——很多猪肉佬都落下了各种显性的、隐性的疾病。

猪肉佬S的物质生活甚为丰富，有车有楼，可对于一个人来说，只剩下物质那只能叫活命，人的幸福感是一个综合体，猪肉佬一样也需要精神生活，需要和谐温馨的家庭。可猪肉佬S的一年就是一天，一天也是一年，日日如此，年年如此，精神上匮乏也麻木，整天靠讲黄段子、刷抖音来麻醉自己，消逝的光阴并没有换取任何有意义的进步。更让猪肉佬S惭愧的是，对子女疏于管教，任由他们浪浪荡荡、惹是生非。

铁打的营盘流水的兵，猪肉佬S的顾客再多都不可能成为一种固定资源。如今经济不景气，进账少了，有时甚至亏本，改行也变得不可能，猪肉佬 S 随之产生了一种莫名的失落感与不安全感。

这就是我熟悉的一位猪肉佬。

四娃之父

在我和阿文谈话的一个小时里，我留意到他连续抽了四根烟。这是我三十多年来第一次见到他，他是我的小学同学。在我依稀的记忆中，阿文从小就贪玩，不爱读书。放学回来的路上看到小动物钻的洞，他便会急不可耐地露出那稚嫩的小鸡鸡，往那洞口就是一阵狂扫；放假了，我和阿文结伴去捡橡胶子，那橡胶子长着蛇皮的花纹，被我俩捶得光溜溜的，硬是没了蛇皮的影子；有一次我和阿文到田间摸田螺，一条蚂蟥粘在我脚丫上吸血，我吓得魂飞魄散，阿文见状若无其事地走过来帮我把那蚂蟥拔开，再用石块将其碎尸万段。

阿文小时候的样子我是模糊的，记忆中只剩这些孩童时的傻事，如今的阿文已不是之前的那个天真的阿文了，他老了许多，憔悴了许多。我怎么都没想到一个四十来岁的人竟然满头白发，为了不使那白发过于显眼，他还剃了个光头，额头露出了一条条波浪般的皱纹。

初见阿文，他用那只粗壮且黑黝黝的大手掏了掏裤袋，拿出一包早就开过的香烟，递了根过来，说："海，来支不？"

"海"是我的小名，我的童年玩伴都如此称呼我，比我小的还会在那"海"字后面加一个"哥"字，阿文比我大，自然就免了。

我婉拒了阿文的香烟，因为我并不抽烟。阿文心神恍惚，一边抽着烟一边问我："海，你几个了？"

阿文是在问我有几个小孩，我回道："两个。"

"再来个吧，现在开放三胎啦。"

"呵呵，养不起呀。"

"怕什么，我都四个了。"

"你四个——？不是吧！"

"嗯……嗯……"

"三个女，一个男？"我又问。

"没错，你怎么知道的？"

"那还用问嘛，生四胎的不就为了最后博一个传宗接代的！"

"还是你醒目啊……海，不瞒你说，我这次是想找你交流下，看看有什么路数，人老了，已经没体力再去做苦力了，现在吃饭都成了问题……"

阿文对他现在的处境直言不讳，他说如今经济压力巨大，心里焦虑、迷惘，常常失眠，为此还到人民医院住了一个星期院，报销后花了八千多元。大女儿读初三就要上高中了，还有三个小的在读小学，自己刚失了业，老婆在家做点手工，除了供四个孩子读书，还要每月还房贷，整个人如同泰山压顶。阿文也想去卖点什么，要我给他指条路子。可我又有什么路子呢？我不过卖点农产品，姑且养家，现在做什么都难了，但又不想熄灭他的希望，只好一本正经地和他聊了一通，给了些建议，也不知他后来有没有去实施。

抽到第四根烟的时候，阿文把只吸了一半的香烟扔到地板上，一脚踏上去，来回转了几转……他走了——我不知他从哪里来，也不知他往哪里去。

货拉拉司机

"咳，搵吃难啊……"

秋日的斜阳迷迷糊糊，它那橙黄色的光线洒满了大地，我懒洋洋地爬上他的货车，刚坐稳，这位不知何时秃了顶的中年货拉拉司机便在一旁感叹道，他像是要试探下我这位陌生人是否愿意倾听他的苦闷。

中秋这日，因要搬一张沙发到别处，第一次叫货拉拉，司机是从城南赶来的，离我这有五六公里之遥。我问他这么远的单怎么也接，他说平台补贴了六块钱，加之司机太多了，好不容易才抢到一单。

"赚餐买菜钱，每月还要交四百五十块会员费给平台呢，今天如果一单都接不到就亏了十五块……"或许看得出我就是一个爱听别人讲故事的人，一路上他唠唠叨叨，讲述着生活的艰辛与无奈。

这位中年司机没有固定的工作，白天拉货，晚上摆摊售卖应季水果，没有节假日的概念，感觉到累了便在家里睡上几天再出去干活。

我问他生意如何，他说如今做什么都难，货拉拉上的司机太多了，每天接不到几单活，刨除油费所剩无几，还要充当搬运工，这才晚上出去摆地摊帮补家用。

　　货车里很是闷热，并发出一阵阵刺耳的机器轰鸣声，似乎整个车子在震荡之下即将要解体，我向窗外吸了一口气，而后把车上的风扇对着自己猛吹。我和中年司机一路聊着，远处的斜阳就快下山了，它最后一道光芒穿透了污浊的尘埃与冰冷的玻璃，令我眼前现出一片的迷离。

生　计

有些东西看起来很不起眼，但它却承载着芸芸众生的梦想，关系着一个寻常家庭的生计，比如我父亲的那辆嘉陵摩托车。

记得九十年代初，父亲和母亲就开始在镇子里卖菜了，那时我在上初中，早已懂事，每逢赶集日放学回来后就会过去帮忙，算下账，看管下货物。

起初两年，父亲每天凌晨二点多便要骑着一辆"大罗马"（老式自行车）带着电筒，与几个同是卖菜的伙伴远赴五十里外城里的大市场拉菜。大市场的蔬菜批发是在凌晨进行的，去迟了就拿不到品质好的菜，父亲必须在凌晨四点前赶到，然后拉上二三百斤的菜又赶在开市前回到镇子，这一切完全依靠人力。

到了 1994 年，父亲感到骑自行车拉菜实在太慢且辛苦，便和母亲合计买了一辆军绿色的"嘉陵"。这辆"嘉陵"还是二手的，印象中花了六七千块——具体数额如今我已记不清楚——这在那个年代是一笔不菲的投入。

父亲本是一名乡村小学语文老师，由于超生被学校开除而从事农活。到了八十年代末期，父亲跟亲戚去深圳的工地打工，可不到两年工地就发不出工资了，父亲一怒之下便回到镇子里与母亲谋划做点小本生意。

刚开始，父亲骑着"大罗马"到各乡各村叫卖河粉，也到城里摆摊卖过水果，但这些都赚不到钱，干了大半年，父亲和母亲这才在镇子里的菜市场找到了一个摊位，卖起了蔬菜。那会，卖菜的生意似乎不错，经常听母亲说"卖菜还是能挣点钱的"，这才有积蓄买了那辆"嘉陵"。

　　1995年以后我在外地读书和工作，父亲和母亲则一直在镇子里卖菜。每次假期回到镇子，我常常在睡梦中被那"嘉陵"的巨大轰鸣声吵醒。夜间开"嘉陵"拉货是相当危险的，父亲曾经多次被人抢劫，还试过一次失控，连人带货翻落到路边的沟渠，所幸只是皮外伤。

　　有一年，我从海口辞职上北京工作，决定顺道回家看看。从湛江至广州的那班车正好是凌晨四五点途经阳江，那时还没有手机，我便在父亲要途经的一个路口下车，等待父亲和他的"嘉陵"出现。果然，天灰蒙蒙的时候，远远就传来了那辆"嘉陵"熟识的轰鸣声，父亲正拉着两大箩筐的青菜向我徐徐而来。"嘉陵"不堪重负，看上去歪歪斜斜又慢慢吞吞，仿佛一个微醺的老翁。此时父亲未曾料想我的出现，我喊了一声他，他没反应，我又喊了几声并说了句"我是阿海"他方停下车来，失魂落魄地说："咳……被你吓死了，我以为是抢劫的……你怎么会在这里？"

　　那次，我本想等天亮到城里坐班车回去，但父亲坚持要我坐到"嘉陵"上，说再多一百斤也没事，我禁不住父亲的执拗只好从了。回去的路上，父亲和我聊了下家里的情况，也说到了他自己。我这才知道，这些年父亲由于长期睡眠不足，加上超负荷的体力劳动，患了高血压，经常头晕头痛，每天都要靠吃"何济公"止痛。父亲的话使得我心里很是难受，我知道父亲干得很辛苦，但也没什么办法，因为这是他唯一的生计。我靠着父亲的背，眼里闪烁着泪花，迷迷糊糊地看着道路两旁后移的桉树，对未来一片茫然。

　　一年又一年在不知不觉中过去了，父亲老了，变得两鬓发白，那辆"嘉陵"也越来越残破，庆幸的是父亲终于圆了他的梦，在镇子里盖了一座水泥红砖房。

　　父亲的高血压一天比一天严重，他却还想着继续他的生计。到了 2007 年我在城里成家立业，经我多次劝说父亲和母亲才同意放弃卖菜的生计，到城里生活，从此那"嘉陵"便完成了它的使命，我们将其送去了废品回收站，得了百来块。

我们拉着一艘船

夜里醒了一场，睡不着，想起了一位友人。这位友人是妻娘家那边的，才三十出头，去年在睡梦中突发疾病去了天国，遗下两个不满三岁的孩子和年迈的父母。

我与友人逢年过节才会碰到，说上几句客套话，并没有过多的交往，只是昔日那熟悉的音容笑貌，恍然间就在这个世界上消失了，心里很是怅然。——这夜阑人静，总是那么容易勾起人的回忆与伤悲。

我听说，友人是因为夜间经营大排档积劳成疾而走的。友人的意外离去，使我懂得，明天和意外不知哪个先到。说穿了，人的一辈子充满着不确定，我们都站在某个界限上，从左边看是镜花水月的花与月，从右边看是镜花水月的镜与水。

花与月是美妙的，是宜于想象的，镜与水是不堪的，是不便言说的。花与月是梦想，是爱情，是诗篇，是在空中自由飞舞的彩蝶；镜与水是现实，是柴米，是油盐，是生活中的酸甜苦辣。

读小学的时候学过一篇课文叫《伏尔加河上的纤夫》，内容描述的是一幅油画，沙俄时期一众纤夫拉一艘沉重的货船，过着悲惨的生活。

孩童时，天真单纯的我，只知道纤夫很可怜；年少时，我懵懵懵懂懂但又有了梦想，就埋怨起纤夫为什么不去改变自己；到了青年，我读了些书，多了些理智和宽容，认同每个人都可以选择他的生活方式，也有他存在的必要；到了中年，经过风吹雨打，我才猛然间发现自己竟然也是纤夫，拉着父母子女、医疗教育、房子车子、油盐酱醋。

友人倒下了，因为他拉着一艘船，很重，很重。我总算明白了，其实每个人都拉着一艘船，每个时代的人都拉着一艘船，我们今天拉的船，很快也会成为后人可怜的理由。

生活也许就是这样，初初你是那个同情别人的人，再见你已经成了别人同情的人。从小没有任何人会告诉你，你终究要拉上一艘大船负重前行，你的父母不会告诉你，你的老师也不会告诉你，怪不得他们，他们是为了保留你内心中那份美好的期待。

我们无法弃船而去，因为船上装载着过多的责任，我们也无法悠然自得地拉动着船，因为你要保持这艘船游动时优雅的姿势。

身与心，都没有船的影子，那才是最幸福的样子。

长话短说

人生的真谛

早上起来送小孩去了学校，便到菜园摘菜，过上一番自我虚构的田园生活。在这个日复一日的过程中，我反复思考着人生的真谛到底是什么，是光耀门楣，是攀高枝儿，又或是急流勇退？

我想，任何的左顾右盼、好高骛远只会让自己徒增烦恼，人生的真谛不过是找到一个合适自己的位置，在这个位置上构建一个和谐的小环境，不管生老病死、家长里短、饮食男女，这一切的一切，都在无缝衔接着。

我们何必要活在别人的眼光里，何必要为别人涂脂抹粉，不如洒脱点，怎么想就怎么说，怎么说就怎么做，让任何的指指点点都无法撼动你信念。

——这就是我所理解的人生。

人 贵 自 立

"人贵自立"这话我是很赏识的，只有自立了才能摆脱牵制，摆脱束缚。

我以为，现代社会，人在渐渐走向孤独，人与人之间也在渐渐走向疏离，尽管表面有许许多多的觥筹交错、礼尚往来，都难掩背后的明争暗斗、尔虞我诈，甚而至于亲密的战友都会反目成仇。

我们往往都会高估自己和别人的关系，言之哥们，言之闺密。可人是世俗化的，是逐利的，他们恨你有，笑你无，怕你富，嫌你穷。荒地无人耕，一耕就有人和你争，何日图穷匕首见难言难测。

让亲疏随缘吧！自立之下的孤独或许就是一种美，不受牵制，不受束缚，任尔东西南北风，任君品头论足，我还将我行我素。

学 做 豆 豉

学这些东西有没有用？正如我一次又一次地学做凉粉一样，我所想的并非获得何种实惠或夸耀，而是看一看在一个普遍浮躁、焦灼的环境里，自己是否还能静下心来，去完成一件曾经想去做的事。

这些事，不分巨细，不论贵贱，却能考验一个人的意志。说人一定就要随波逐流，为名缰利锁所萦牵，我是不认同的，平伏心中的波澜，于细微处亦可找到属于自己的一片天空。

人，当然也是世俗化的，你我概莫能外，世俗其实不是一种过错，但世俗并非人生的全部。迟早有一天我们还是要回到原始的心，时间也许在当下，也许在年迈之际，也许在死去的那一天，总之是逃不掉的。

物质是生活的养料而非目标

生活的常态本应该是"慢"，而不是"急"，可人一旦俗了，复杂了，就会颠倒过来。

所谓"慢"就是独自一人在公园里散散步，在书房里静静地看看书，在一个满是星星的夜晚陪爱人说说话；所谓"急"就是边啃着馒头边挤公交车去上班，在一个五六十人的大教室里埋头苦读应付第二天的考试，会议上老板安排下个月的销售冲刺任务。

如此，一个人每天急匆匆的样子就会被认为是拼搏，一个人每天慢悠悠的样子就会被认为是懒散。可是真正会生活的人还是那个"慢"的人呀，拼搏不就是为了获得"慢"嘛，一生在拼搏只能是一生的"急"了，这样人就成了生活的奴隶。

物质是生活的养料，而不是生活的目标。

常人的舞台在哪里？

我接触到现在许多孩子，大人给灌输的思想是将来出人头地，考清华、读北大，当大官、大老板、大明星，这是他们设想的当之无愧的人生大舞台。

但真正活了几十年的人才会明白，大舞台并不属于你，最终你都要沦落为常人，而常人不过在为一日三餐疲于奔命而已。

那么常人就没有舞台了吗？不，常人其实也有舞台，这个舞台虽然小，看客也少，但空间足够让你去独舞，表演起来同样也精彩。

常人的舞台其实就是你的日子，是你的一年365天，是自己到自己所爱的人这段狭小的空间，尽管别人看来是多么微不足道，但它毕竟是一个真正属于你的舞台，是货真价实的，你在上面可以不受约束地、淋漓尽致地表演。

世间熙熙攘攘，我们何必非要挤破头去成为那颗璀璨的明珠，一生为功名利禄所禁锢，最终反而以失落拉下帷幕。

我甚至认为，人生的舞台不分大小，就看舞者是否愿意出演，就看你在观众的一片嘲笑声中是临阵脱逃，还是坚持到最后。

演好自己的人生，哪怕是个小角色。

我们真的不配拥有梦想吗？

每一个人的心中都有一个梦想，只是时至今天，梦想在生活面前显得过于苍白，人们便羞于与人谈及。

我也有梦想，却极少与人谈论，哪怕是和自己朝夕相处的爱人，都不宜过多谈梦想，因为每次谈论过后你得到的除了嘲笑、讽刺，并不会带来什么收获。

试想，你在亲友面前谈梦想，是不是马上就有人问你：房子有了吗？车子有了吗？票子有了吗？好，这些你都有了，是不是又有人问你：别墅有了吗？玛莎拉蒂有了吗？亿万存款有了吗？

我们通过物欲的追逐去体现人生价值，可是人的欲望哪里会有止境，得了一百想一千，得了一千想一万，至死一刻都不会满足，纵有金山银山也会空虚失落，一辈子所追寻的物质最终都会在生命消失的那一刻化为泡影。

我以为，梦想其实是很纯粹的，也很私人的，可以不透露，但必须坚守；我以为，梦想不一定会实现，但梦想是支撑一个人活下去的动力，它让我们的心灵在受到创伤的时候得到及时的抚慰。

说起来，我过去常常在想，这一生如果能写出一部脍炙人口的文学作品该是一件多么美好的事情，一部足矣，至于吃什么、住什么，日子过得去就行了。尽管这一梦想是那么不切实际，且透露出去往往会成为他人的笑柄，可我一直都未曾放弃。因为一旦放弃梦想，我便找不到我的人生意义，就如煤油灯前的飞蛾，会将自己撞得晕头转向，在一片死寂之中了结一生。

我寻得的答案是，每一个人都配拥有梦想，只要你愿意抛开别人的眼光，因为决定梦想是否成真的不是别人，而是你自己的决心。

读书与作书

我小时候不爱读书，心神向往的不过是那些河里的鱼虾。后来为了打消父母的顾虑，这才开始认真起来，可钻研的只是题海，那是没有法子的事，怕的是分数上被淘汰掉，就真的如父亲所说要回去耕田了。我着实不是爱读书的人，只是被逼着去读，自然就读不进去。我的少年，中规中矩，学无所成。

到了青年，而立之际，我出过一本书，那完全是机缘凑巧。出版社主动找上门来，说我这人有点"传奇色彩"，要给我出本书。乍一想，我名不见经传，有人愿意来捧也好，就当是个免费的广告。这书最终是作出来了，可现在想来那算不上是作品，称之为商品或许更为合适，也就愧于与人提及。这期间我也读书甚少，思考甚少，如此写出来的内容差强人意。

假若问几时才算得上真正读书，那我是近不惑之年才开始的，足足晚了别人二三十年。幸运的是，也许我只是懒了点，却并不算笨，读着读着，竟然能悟出一番道理、一些感慨来了，我不知这是天生的还是进化来的——年少时的茫然，今已变得透彻。

我如今是时常读书，读书可以产生许多幻想，我幻想着放下负重，放下世俗，进入那潺潺流水般意境，淘洗一番自己；我如今又时常作书，作书给了我新的希望，让我以为前途并没有那么黯淡，还可以随意描绘一片袅袅乐土，并置身其中。

一个不爱读书的人，竟然开始读书了，还去作书，这是连我自己都不曾想到的。我希冀有那么一天，十年也好，二十年也好，能作出一部能称之为作品的东西。

沧海一粟，人生过半，我要竭力。

音乐的变迁

疫情这几年，天色常见阴晦，心情颇为压抑，又足不能出户，大部分时间只好待在书房里，弄下文字，听听音乐。弄文字，那不消说，聊以自慰；听音乐那又是另外一番乐趣，我平日听的多是些二十世纪九十年代的港台的怀旧金曲，什么邓丽君呀，韩宝仪呀，高胜美呀，而且有个老毛病，爱一遍遍地听。妻听到了，带着几分厌烦说了一个字："土！"我连忙问我的大儿子："土不土？"他则笑着说："你喜欢就好！"

真的很土吗？也许是有点！过去说别人土，如今也轮到自己夺下这一"桂冠"，那么对别人的"土"就好理解了。我对音乐是没有丝毫细胞的人，没唱过一首完整的歌曲，却从小听着音乐长大，至今依然爱不释手。我听音乐的时间比读书的时间多出许多许多，可偏偏就是不会唱，甚而至于，听罢就忘了刚才唱的是什么。可见，我听歌只是感受听那一刻的情趣，并不为学习如何唱歌，更不必研究其有何艺术成分，过后便任由其灰飞烟灭，想听了就翻出来。

我奶奶很爱听当地的一种山歌，是用方言唱的，简直土得掉渣，唱的是什么内容不清楚（我没细听），一句句的，就像把平时的大白话换一种哭腔唱出来，给人缠绵哀婉，像是哭爹哭娘的感觉——哭丧的时候确实也见有这种唱法。邻里有老爷老太在唱这种山歌，附近的老人便会过去围观，我奶奶便是里面的忠实听众，她也仅仅是听，没唱过一句。倒是我的父亲，不知从哪里学来的，会哼几句，并把此运用到祭祀中。清明时节在祖先坟前摆上牲口，斟酒倒茶之时父亲便会念几句："香烟纷纷，震动乾坤，香烟一到，请神就到，香烟沉沉，请神归临，一请鉴香，二请鉴香，三请鉴香……"这该也算是一种山歌形式。

后来我才知道这是一种当地民间口头说唱艺术，起源于当地的祭祀文化，现已成为非物质遗产。我听过以这种唱法唱的《秦香莲》，每七言一句，讲的是陈世美中了状元后抛妻弃子，其妻子秦香莲携子进城寻夫，反遭陈世美雇凶追杀的悲惨遭遇，听着甚是悲切，也反映人们依然抱有一种期盼明君的青天情结。

山歌我不爱听，甚至我们这代人都不怎么爱听，因为听歌是为了使心情愉悦，而非听人哭诉，老人之所以爱听，不过是因为那代人多为文盲，看不懂文字，也听不懂普通话的电视剧，只好把山歌当听故事来娱乐。山歌如今已经濒临消失，有人因此呼吁挽救和保护，我认为大可不必，每个时代都有其流行文化，随它去吧。有了打火机，我们何须倡议保护火柴？

我父亲这代人则对红歌情有独钟，小时候我就经常听父亲哼《东方红》，那歌词我如今都还记得。其他红歌自然还有许多，不过都没这一首深刻，直至如今，他们都爱唱红歌听红歌，对于我们喜爱的流行歌曲，他们是没有共情的。我们这代人也多少承接了父亲那代人的元素，二十世纪八十年代我们上小学就唱红歌，比如《歌唱祖国》《我的祖国》《游击队歌》《王二小》《爷爷为我打月饼》。

到了九十年代初，我刚上初中，市场上流行起一种磁带录音机，每逢镇子的赶集日，就有好几档售卖磁带的摊档。印象中有一个靠近学校的摊档，常常在推销韩宝仪歌曲的磁带，《舞女泪》《粉红色的回忆》《无奈的思绪》这类歌曲我听了无数遍，它们成了我在那个时代的记忆碎片。那摊档播放的歌曲还有《黄土高坡》《信天游》《潇洒走一回》。我家有一台录音机，也买了许多磁带，基本上都是这一类的曲子。上了初中后开始流行粤港风格的歌曲（有粤语的也有普通话的），听得最多的便是毛宁的《涛声依旧》、刘德华的《天意》、凤飞飞的《追梦人》、钟镇涛的《把悲伤留给自己》、孟庭苇的《风中有朵雨中的云》。还有一首《九百九十九朵玫瑰》，不记得是谁原唱的，初三那年我和同学都老爱听，因歌曲易记，朗朗上口，我也会哼几句。上高一第一学期，市面上有一种迷你录音机，比钱包稍大，我花了一百块从一位阔绰的同学那里买来一台二手的。那会是第一次出远门读书，有些想家，便爱上了杨钰莹的《心雨》，后来又听甘苹的《潮湿的心》，以及一首《铁窗泪》，这些歌有个共同点，就是有点伤感。适应了学校的生活后，我便听一些欢快的歌曲，比如《小芳》《同桌的你》《风雨无阻》《水手》《心太软》。高中听得最多的估计还是 beyond 和伍佰的摇滚乐，《光辉岁月》《大地》《挪威的森林》《浪人情歌》这几首夸张地说几乎听出了耳茧。

　　香港回归后不久我就上了大学（其实是专科学校），不知何故，后来粤港风歌曲渐渐式微，我也很少听流行曲了。我读大一的时候，正是互联网刚刚兴起的时候，网吧如雨后春笋般涌现出来，在我们学校大门口对面就有两个，我常常到那里上网。有个网吧的老板每次都在播放邓丽君的《北国之春》，这首歌唱得很是悠扬婉转，听着往事不断地浮现，不胜感慨。此前我听说过邓丽君，但并不了解，找来几首仔细品味，她的歌声富有磁性且柔美、纯净，深深地打动了我，直至如今邓丽君依然是我心中的女神，无人能敌，我常常听来回味。

参加工作后我便很少关注新的歌曲了，况且进入 21 世纪后并没有诞生什么经典歌曲，有些备受年轻一代青睐的，我听起来就好像在发疯，其中以《双节棍》最甚，时代变了口味也不同了。二十多岁的时候我晚上睡觉经常做梦，同学推荐了一个名医吃了几服药也没见改善，我以为是我的精神过于紧张。为了放松一下，花了四百多块买了一个便携 MP3，往里面装了好些歌曲，如今多数都没了印象，但忧郁王子姜育恒的全被囊括，他的歌听着颇为伤感，适合那个年纪孤独的我，听着像是同道中人在诉说心事。

最近这十年二十年我在家里听的全是过去的粤港风歌曲，对新的流行歌曲一概不晓得，也没兴趣；在车上我则爱听纯音乐，清一色的古筝乐曲，以付娜演奏的古典乐曲为最。如果说粤港风歌曲是音乐里面的经典，那么纯音乐无疑就是音乐里面的最高境界，听着一首古筝，曲声直抵灵魂深处，人一下子放空了所有心事，进入了一个超凡脱俗的纯净空间，感受宛如空谷幽兰般的意境，这是一种纯粹美。重温经典会被年轻一代打上"土"的标签，可纯音乐百听不厌，并无人认为其土，道理我想该是"简单就是美"。越是简约的事物，就越隽永，世上的一切无一不是如此。我一些写作灵感便来自欣赏纯音乐的时候。

老来会不会还听音乐？那是肯定的，而且要回归"纯"与"简"，因为这样既少了些土气，又多了些宁静。

我又在想，这作词作曲的人，写得如此之美，岂是音乐家，真文学家也。

下厨与写作

我本以为自己没有弄吃的天赋。从前也下过厨，不过只是为了解决肚子的温饱问题，若论色、香、味，那是寻不得半点。这些年我的厨艺确大有长进，妻也是认同的，封我一个"家庭煮男"的荣誉称号。这期间，我并未翻阅过《食经》《食珍录》诸书，更没依网上美食达人的文字、视频来按图索骥，全然是用心去做——和作文一样，投入其中，融会贯通。

我写文章不甚好，也很古怪，要心情平静下来才能写，烦躁时一段话都写不下去，这毛病若是临场考试必吃大亏，一紧张，就泡了汤。也难怪学生时，来一篇命题作文，规定时间内完成，我往往只写了一半就交卷了。这方面我是没别人聪颖的，显得笨嘴拙舌。但安静下来就大相径庭了，心里的话总是滔滔不绝，胸无点墨变下笔千言，写毕，再润色润色，便是文章了。

我以为，下厨和写作有着异曲同工之妙，要说，不妨从"色、香、味"入手。

"色"那是排在首要位置的，有色方有欲，欲都无了，后面免谈。一碟菜清秀可人，一盘肉滋润鲜美，能勾起人的食欲，倘若看着黯淡无光，干巴巴，硬邦邦，便少了将它吃进肚子的冲动。有些菜隔着屏幕都想吃，可见色是何等重要。我阅读也如此，先大概地扫一眼，语言晦涩难懂的，不知所云的，我多是将其抛弃，因为难理解，毕竟自己不是研究语言的语言学家。那些通俗易懂的，朗朗上口的，会成为我的选择。我曾网购过一批书籍，摆在书架上一直没动，就是这个原因，尽管是名家之作，可不符合自己的兴致，也就不能强迫着自己去读了。就像一道菜，哪怕营养丰富，可我看着没胃口，总不能硬咽下去，那实在是为难自己的胃了。菜的外观，大概都追求鲜美——新鲜而美观。之前我做的菜毫无光泽，那是因为火候控制得不好，且不舍得用油。我现时炒生菜或者小白菜这些青菜，先倒入适量的花生油，用猛火使油沸腾，整个镬被烫得热气腾腾，便快速倒入青菜——菜要保留些水分——盖上镬盖，焗片刻再翻炒，洒上酱油，再焗。整个过程，尽量少些翻动，以免对青菜造成物理损伤。出锅时让青菜保留些许酱黄色的汁液，装到一个洁白的陶瓷盘子上，再理顺理顺外观。这样做出来的青菜，秀色可餐。作文也是同理，文字是晦涩的还是通俗的，关系到文章的"色"，具备了"色"，读者才有继续读下去的欲望。

　　"色"是会迷惑人的，样子可人，不意味着就是美味，但"香"不会骗人，因为"香"是从内而发的，香的食物大概率都是佳品。同样是炒青菜，倒菜入锅之前，我会先放几颗拍碎了的蒜头在油里炸一下，这样炒出来的青菜闻起来更香，大大地刺激了食欲，不放则逊色许多。我们家乡有一种叫"叶贴"的糯米饼，各个镇子做的外观看起来差不多，但有些地方的馅料里面加了红葱头确比没加的好吃得多。秋冬季煲白萝卜，我爱加入一些腊鸭肉来煲，这样出来的萝卜散发着一股腊味，香喷喷，令人垂涎。我做菜通过食材增香，甚少用到人工香精，比方鸡精、味精，印象中我家有二十多年没买过味精了，鸡精买过，极少。菜那当然是有香味的，可是文章有"香"吗？别说，还真有。诸如"朱门酒肉臭，路有冻死骨"这样的千古名篇，散发出的味道估计就是香的，方深受人们喜爱而流传至今。香，源于为苍生说人话，臭，源于为权贵唱赞歌。如此，那些真挚地反映劳动人民情感的作品，便是"香"的。作文，定要作"香"的，我也未曾见识"臭"的文章还在流传。

饕餮大餐，看着，闻着，都未知底细，唯有入口尝一尝什么味道方有个结论。我们问别人某样东西好不好吃，往往也问：味道如何？我想起了两道菜，一道是砂仁蒸排骨，一道是风姜煲鸡，看着闻着，平淡无奇，就普通的排骨、普通的鸡汤，可是送到舌根下一尝，顿感非同凡响：排骨的汁液味道微辣，且有一股淡淡的芳香，令人胃口大增，泡其汁液便可下一碗饭；风姜鸡汤，我只喝汤不吃鸡，也是微辣，但和老姜的辣不同，少了几分燥热，饮之暖胃而行气，给人精神与活力。我们这边的海盛产一种贱鱼——流鼻鱼，因样子像鼻涕而得名，说其贱是因为价格低廉，这种鱼煎不得，唯有蒸。蒸也有讲究，只放油盐来蒸食之无味，但如果加入胡椒粉来蒸则极为鲜美。可见淡淡的辣味是何等之重要，令庸变优。南方人吃猪脚，爱把猪脚煲软，上桌后再点豉油吃，这种吃法不知是何人带的头，真是暴殄天物，味如嚼蜡。我先把猪脚切块煲软，过一次冷水，再放到锅里面用米醋、白糖，以及一两片姜来焖，最后添加适量豉油，出来的成品新鲜香郁，酸酸甜甜的，可谓色香味俱全。文章里的味道，我想主要是思想感情吧，那是一篇文章的灵魂，没有了感情，无外乎就是官样文章。有血有肉，有感情，才能让读者产生共鸣。我顿时想起了朱自清的《背影》，里面使用的什么辞藻都忘了，可翻越月台买橘子的那一幕父爱依然浮现在我的脑海里，正是这种父爱打动了读者，从而成就不朽的篇章。

如此看来，下厨与写作确实没有多大区别。有人说，读书破万卷下笔如有神。我认可一半否定一半，从前我看过很多人做吃的，回去如法炮制，尝起来却相差甚远。读书想来也是如此，看的书虽多，可如果只是水过鸭背，不静下来认真思考和感受，写起来也吃力。下厨也是如此，不必每做一道菜就要学习一种方法，色香味万变不离其宗，认真地去投入，专心地去制作，不论什么菜，皆可触类旁通。

　　下厨与写作，我均非师者也，难以担当"指导青年"的重任，不过谈谈个人的愚见罢了。

给下个世纪的读者留个言

一千年太长，就说一百年吧。

下个世纪，我早已离开了这个星球，所以想着提前给那时的读者留个言，说是聊天也好，说是谈心也好。

我很好奇，下个世纪的你们的发型是怎么样的，是不是还是我现在这个样子，图个方便，只留了一寸短发，那好处是不用梳头，其中的白发也不太招人耳目。

不知你们流行穿什么服饰，我现在是短袖 T 恤和蓝色牛仔裤，T恤蓄在裤头里，皮带没留意是什么牌子的，反正不会是动物皮。

对了，你们使用什么交通工具呢？还是汽车吗？或者流行着私人飞机，又或者是我们从未料想到的、有着奇形怪状的"不明飞行物"？人手一架飞机，不奇怪，正如一百年前谁会料想今天家家户户都有小汽车，只是不知有没有那么多地皮做停机场。

回到老本行。问一下，你们写作吗？你们写作时用笔还是用电脑，甚至是比电脑更先进的电子设备？你们写作是出于爱好，还是为了谋生？我担心的状况是没人写作了，看到的文章全是软件生成的。因为我们现在就变懒了，衣服用洗衣机洗，碗用洗碗机洗，拖地有拖地机器人，人的手脚在渐渐退化了。你们还看纸质书吗？有近视吗？我想那会应该没有"近视"这种说法了，眼睛看不清楚，到医院里用某个仪器一矫正便会完好如初。

前段时间和一位友人讨论，他说一百年后不知是什么世界了，一定很文明很富裕。友人的观点我不甚赞同，一百年后的人还是人，还是需要吃喝拉撒，还是充满着人情世故，不过是科技发达了，人省了很多事罢了。正所谓"江山易改，本性难移"，人的思想、观念，在一百年里是不足以改变的。一百年前，鲁迅先生笔下的人物如今还活灵活现，尖酸刻薄的杨二嫂、善良懦弱的祥林嫂、心术不正的衍太太、自欺欺人的阿Q、迂腐软弱的孔乙己、麻木愚昧的华老栓……处处皆是。

因此我预料，一百年后，进步的是衣食住行，比如现在从阳江到广州（乘坐高铁）要一个多小时，你们那会也许半小时足矣，比如你们可能已经吃上人造肉、人造菜了。却因为人思想观念的固化，你们依然和现在的我们一样，还在追求公平与正义、和平与发展的路上。这些追求，不会在一百年后戛然而止，人的性格不是几代人便可改变的，一百年、五百年都不容易。如果不能摆脱历史周期率，衰而兴，兴而衰，一百年后你们要饿肚子也并非杞人忧天。

下个世纪，是什么情形，诸君不妨长天一歌，告知那些去了异域的前人们。

父亲节说父亲

父亲节说父亲，倒有点意思。

说到给父亲的贡献或礼物什么的，我是从来没有的，光耀门楣的事就更不必说了，若非要挤点功劳出来，恐怕也只有一条，那就是令他少了些操心。只因我从小都独立自主，让外人哪怕是家人麻烦，都会有种愧疚感油然而生，这是我与生俱来的脾性。如此，幼时的读书成长，年轻时的结婚盖房，我从未让父亲头痛过一会。担心儿子惹是生非这种事，就犹如逶迤的云朵消失在浩渺天穹的至深处，这点他对我还是充满信心的。

对于父亲这个人的评价，我内心其实是矛盾的。我时而在我的作品中称颂他，时而又以他为原型进行大肆贬斥——心想，要是被他知道不知会是什么后果。可令我吃惊的是，有一次他在三弟家看了一部我的作品之后，竟然大赞我写得如何之好，那作品却是痛骂他这类食古不化之人的。老糊涂了。

长期以来，我对父亲的印象都是模糊的，不知是我的记忆作怪，还是因为他的人生本就平凡得索然无味。不过，赋一个"守旧主义者"的标签给他还是很恰当的。

逢年过节，祝祷神灵，假如我的步骤颠倒了，他定会斥责几声，那斥责之声在一句"系吃你之伟"（方言，意为一个人只会吃）

后便会消停。父亲读过几日书，也是明智的，再唠唠叨叨的话，恐怕儿子也会掀桌子。估计也是没办法的事，日渐年迈，耄耋不远，生老病死还要全靠儿子呢，这境况就如我小时候要乖乖听他的话一样。

父亲每每都在我面前流露些言语，充满着对过去的眷恋。他说得最多的就是"文革"，说他响应毛主席的号召去湖南串联的事，步行七天七夜到了广州正准备上火车，却被人轰了出去，气得他骂了好几天街；他又说到他年少时在镇上读农中，夜里被漂亮女鬼压在身上进行调戏，之后他连续感叹了好几年如果真能得到一个这般姿色的女人，那该多好。

看来，似乎只有在那个年代，父亲才能找到自己的存在。而如今的他，早已经迷失在喧闹嘈杂的人群里，他患了高血压，每天只能在浑浑噩噩、游街走巷中安度余生。

作为儿子，我又常常会为父亲的不是寻找借口，以让他在我心中的形象不那么难堪——似乎不堪的又是我。我想，他并非有多么守旧，他的那些言语不过是出于对习俗的随流，以及对青春的怀念。我这种猜测也许是对的，我又何尝不墨守成规，何尝不回想那个窗明几净的年少时代？

父亲是一个道不尽的话题。

禾楼恋曲

在镇子读初中时，

我对她有好感，

她叫阿香，

家里卖芝麻糊的。

狗仔洞

徐家村的屋子家家户户都有一个狗仔洞，那洞口有人的两个巴掌那么宽，开在门的右侧。之所以开在右侧，源于"右狗"的说法，乃又"有"又"够"之意，富足且安康。这些狗仔洞所不同的是有的做成方形，有的则做成圆形，方方圆圆，扩散着枝繁叶茂、吉祥幸福的希望。

这一带的风俗，家里添了新丁，假若在家里生产的，第二天就要将婴儿包裹于襁褓之中，从狗仔洞钻出去，到外面见见光，过了半个时辰又要钻回去，倘若在医院产的，就省了前一个步骤，直接从狗仔洞钻进去。选一个阳气充足的时辰，主人家一手高举柚子叶，一手执盛着白醋的金饭碗，蘸醋轻轻挥洒到婴孩身上，这样便可破除污垢与晦气，完毕便将婴儿缓缓地递入洞口。整个过程不过数分钟，经过这番仪式后婴儿自此便成了"狗仔"。每逢谁家添"狗仔"，村里的姑娘和媳妇们便会围过来看热闹，在一旁指指点点，议论纷纷。

徐百宝已经添了三个"狗仔"，他以为还有第四个。

徐百宝膝下有三男，老婆孩子全靠他一人到县城里做泥水工给养活着。那年，他女人的肚子又挺了起来，徐百宝盼是个姑娘。到了有几个月大的时候，计生队的人来了，不让生，无奈去引产了，引产回来后他的女人也病了，到了第二年的秋天，竟然死了。

徐百宝在城里，每天从宿舍去工地都要途经一个医院的后院，后院的墙外摆放着一排垃圾桶，那可是不干净的地方，常常有生产后乱扔的污物，徐百宝每逢路过这里都要加快下脚步。一天晚上下起了雨，待雨停了，他收工回去已经过了十点钟，路上看不到几个行人。他走近那排垃圾桶的时候，听到了一阵微弱的哭啼声，他以为是猫叫，可听听又不像——是个人，一个丢弃在垃圾桶旁的女婴。这可把徐百宝吓坏了，他连夜把那女婴抱回了徐家村。

徐百宝如了他的心愿，让女婴同样钻了狗仔洞，成了"狗仔"，夜里进行的，自然就少了围观的姑娘和媳妇。

女婴叫徐四妹，从小叽叽喳喳，聪颖过人，三岁时已经会念《三字经》，到了五岁读《唐诗三百首》，六岁刚上学就当班长，家里的奖状贴满了墙壁。徐四妹放学后还帮做农活，挑水、砍柴、做饭、扫鸡粪、牵牛回牛栏，几乎没有不做的，左邻右舍都说她顶半个大人。

不料，徐四妹十岁那年，病了，病得走几步路就走不动了，吃饭也没胃口了，最后连大小便都失禁了。

徐百宝带着女儿到医院找医生看，医生检查后说是她的腹部长了个瘤子，比大人的拳头还大。医生给徐四妹做了切割手术，一个六十斤的孩子只剩下四十斤。瘤子割了，还会不会再长出来，医生不知道，谁也不知道，只能听天由命。

徐四妹辍学了，还没有读完四年级，便在家里养病。

这事后，徐四妹性情变了，变得和先前判若两人，话少了，也不出去串门，除了吃喝，其余时间都躺在床上。她在看书，看完了四大古典名著，又看史铁生的《我与地坛》，还有一部废名的田园小说，书是原来学校老师送来的慰问品，她看了一遍又一遍，已经翻得黄皱皱。屋子里静悄悄的，她躺着，听着蜘蛛撒尿的声音，听村后山布谷鸟"布谷——布谷——"地叫，听着雨滴从屋檐落到水盘上……

她就这样躺了两年。

十二岁那年，她死了，死的时候徐百宝还在工地上。除了一本涂得乱七八糟的日记本，她什么也没有留下。

徐四妹死后，村里迷信的老人说是她钻狗仔洞的时辰不该在夜间，那会阴气重，且又省略了白醋浇身的仪式。——这事徐百宝心里很是内疚。

头七那天，徐百宝到当初捡得徐四妹的地方烧起了纸，天同样下着雨，他在那里足足待了一个时辰。回去后，他把狗仔洞用砖封了，再涂上水泥。如今没人看得出过去那里开着一个洞。

带着洛洛去骑行

"洛洛"不是人，而是一条狗的名字，名字还是我取的，那是一条中华田园犬，长得很特别，拥有一身雪白的茸毛，这种纯白的田园犬是不多见的。小时候我家里养过这种狗，不过那是一条黄毛狗，我们称之为"土狗"，颜值比洛洛差远了。

在我们这边的农村，有夏至吃狗肉的习惯，后来人们迁去了城里，便又在城里弄了条狗肉街。有一年我常常路过那条狗肉街，看着店里挂着的一条条被烧得焦黄的狗，便感觉到了人类的无情。我有生以来从未吃过狗肉，觉得那是有灵性的动物，是我们身边最忠诚的朋友。遇到这种动物，你要我吃它的肉，真的下不了手，估计吃了一块就会有一种深深的内疚，一辈子都难以释怀。妻的老家吃狗肉更是靡然成风，举办宴席、婚庆、入伙、满月，甚至是老人去世这种白事，都离不开炖一锅狗肉。宴席上摆上狗肉，我是从来都避之的。

我不吃狗肉，不恨狗，但也不爱狗，倘若眼睁睁看着一条不熟悉的狗被老虎巨蟒之类的吃了，或者被一头大象踩扁了，似乎也并不觉得有什么可怜悯的，我所怜悯的是它偏偏被它的主人，它所忠诚的人类，残忍地杀死而后痛快地吃进了肚子里。眼不见为净尚好，可是一个活蹦乱跳的，且和你有感情的动物，突然间就从这个世界上消失了，那种怅然、悲伤，宛如失去了一位挚友、亲人。

第一次见到洛洛，是 2006 年的事。那年我因为在电脑前坐得时间太长，缺乏运动，得了坐骨神经痛，医生吩咐要少坐多运动。我历来都没有什么爱好的运动项目，到过一阵子健身房也是三日打鱼两日晒网，打了一阵子乒乓球也是无疾而终。在网上看到别人骑行很是潇洒，心血来潮便花了六百块买了一辆二手山地自行车，欲在没事的时候骑着它到处溜达，锻炼下身体兼而散散心、吹吹风。

骑行其实很辛苦。我没有骑行的经验，体力也欠缺，只好选择短途线路，从城里骑到老家的小镇里，来回不到五十公里，早上出发下午便回到家里了。那会正值入冬的季节，收音机里说北方已经下起了雪，我们南方还很暖和，人们依然穿着单衣，如果不是河流已经干涸、甘蔗已经蜡黄、阳光变得和煦，无人会晓得现下已经是冬天。快到镇子的时候要经过一片香蕉林，那片蕉林我做孩子的时候去过，那时我的伯父在里面做看管的工作，现下早就换了人了。我决定到蕉林里看看，回忆下小时候来探望伯父的情形。

我骑着山地车，左摇右晃地在蕉林里穿梭，阳光挤进宽大厚实的蕉叶之间，一串串青绿的香蕉压得蕉树喘不过气来——眼前是一片斑驳的世界，充满着青春的活力。

快到伯父曾经住过的那座孤零零的砖瓦屋的时候，不知从哪里冲出来了一条看起来还年轻的狗，它狂吠不止，感觉就要向我身子扑来。对于狗的脾性我还是很了解的，你越是跑它就越要追赶你，我停下车来，站着一动不动，那狗也没冲过来。正在这时，一个五十多岁的男人从屋子里出来，是蕉林的老板，我们认得，他连忙喊了声"啰啰……啰啰啰……"。那狗便在我周围打转，先在我脚跟上嗅了几下，然后跟着我一同进了屋子。

"这狗长得很漂亮，有名字吗？"

"没有名字，城里的宠物狗才有名字，乡下的看门狗有什么名字。"

"刚才你喊它，我以为它叫洛洛。多大了？"

"有一年了。"

狗的一年可是人的十八岁啊，如此说洛洛也算是个成年人了，早已懂事。在我们聊天之际，洛洛一直跟着我，我坐在沙发上的时候洛洛又蹲到沙发底下舔我的脚，变得温情而好客。我第一次见到这么有意思的狗，会去舔一个陌生人的脚，莫非它已认为我是它的朋友？我这种预感是准确的。

在我要离开的时候，洛洛还一直跟着我，我以为它想从我身上获得好吃的，便在背包里拿出了一个菠萝包，扔到地上，可它看了下并不感兴趣，而是继续抬着头跟我。我做出踢它回去的动作，它往后退了几步，又跟了上来。

老板笑着说这只狗和我有缘分，他家里还有好几只，难得遇到有缘人，如果我喜欢的话就送给我。可我并不打算养狗，没有伺候它的心思和工夫，只会徒增一份累赘。

洛洛跟我跑出蕉林到了公路上，还是不依不饶，不管它的主人在后面怎么喊它都视而不见。它凝视着我。从它那闪烁着灵光可又显得无助的神情里，我想它是要跟我一起去骑行，去看看外面的世界。看看外面精彩的世界，这何尝不是我从前的梦想呢，帮助别人实现一个到外面看看的梦想，也是一件快乐的事。我心软了，这样，便带着洛洛一起去骑行。洛洛走在我的右侧，跑得并不快，怕它累坏了，我特意控制了车速，五公里的路程花了半个多小时。到了镇子里，喂了水它饮，歇了一会，我们便又返回了。

回来的路上，我把洛洛奉还给蕉林的老板，这会它不再跟着我了，该是心满意足了，我走的时候它又在门口狂吠，像是欢送我的离去，期待着改天再见。

在骑行的路上，我从来都没有过同伴，除了洛洛，只有它陪我走了一段路途，我如何都想不到一条狗竟成了我萍水相逢的知己。人生也是如此，有人相伴，是一种修来的福祉，那个愿意与你相伴的人，便是你不折不扣的知己。

后来我的骑行改了线路，不再往老家的大山跑了，而去了海边，在落日中，在海岸边的巨大岩石上沉思。

约莫过了四年，那年开春我回老家办事，在镇子上恰巧碰到蕉林的老板，我问起了洛洛的情况。老板唏嘘不已，说我带它去骑行后的第二年，夏至来临之前，洛洛被人用飞针毒死然后盗走了，不知成了谁人的盘中餐。听到这则噩耗我久久不能言语，洛洛竟然就这样结束了它短暂的生命，而夺去了它性命的便是它所忠诚、信任的人类，为此，我伤心了好几天。尽管洛洛只是我生命中无足轻重的过客，可如今的我还时常会想起它，想起它那可爱的纯白茸毛，想起它和我在公路上一起前行的情形，也想起了人性中那些深藏不露的恶，这一切交织在一起，在我的心头缓缓落下。

芝麻香

　　李妹娜是一个很好看的姑娘，白皙的皮肤，一副林妹妹的瓜子脸，长长的发丝，身子凹凸有致。她住在她外婆家。

　　她外婆家在一条狭长的巷子里，那里常常会弥漫着一股芝麻香。巷子铺的是石板，石板之下是生活污水，从东边的街道一直流到西边的山坡下。石板和石板间时不时看到几个洞口，里面的东西黑黑黏黏的。巷子没有路灯，夜里黑咕隆咚的，没有点胆子的人都不敢从此经过。

　　巷子头是一户姓程的人家，开着一理发店，主人家叫阿赏，人称剃头赏，他剃的头耐看又便宜，每人只收一块钱，后来才涨到了两块钱。剃头赏有个儿子叫程光荣，在家里排行老三，农校毕业后分配在镇政府做办事员，他上班要经过李妹娜的外婆家。其实，去镇政府还有大路可走。

　　李妹娜的外婆没有名字，附近的人都叫她"叔婆"，程光荣也这样称呼她。叔婆和叔公在镇子里的十字路口卖芝麻糊和糖水为生，卖了一辈子。人们路过她家常常会闻到一股芝麻香——叔婆在炒芝麻，如今大多时候是李妹娜在炒。程光荣从此经过，看见叔婆在，他便会问一声叔婆吃了没，早上问"吃朝未"，中午就问"吃晏未"，晚上便是问"吃晚未"，一成不变。不过，他想看到的不是叔婆，而是李妹娜。他知道李妹娜的名字，可没有开口喊过一次，他碰到她只是礼貌地点点头，此外没什么话了。

李妹娜的家在镇子的南边一个村子里，镇子到那里有二十里的路。李妹娜的母亲三十岁不到就病死了，她的父亲长年累月在外打工，也养了野女人。她从七岁便到外婆家读书，一直读到初中毕业——没有参加中考，家里没钱供她读——帮外婆做芝麻糊。镇子里的人都说叔婆的芝麻糊比以前香了，那是因为是李妹娜做的。遇到天气晴朗的日子，李妹娜便会早早起来，在门口用一个又圆又深的竹筛子，俯身淘洗起芝麻，通常要淘洗两遍方能彻底去除沙石。芝麻淘洗好之后，摊到簸箕上，放到院子里暴晒。那院子里种着一株牵牛花，攀到了墙外，它的花常常是两朵并蒂开放，就像相伴的情侣。

程光荣从这路过的时候，如果看不到李妹娜，便会抬头看一眼牵牛花。自然多数是看牵牛花。那片牵牛花五颜六色。蓝色的，天空一样，没有白云；紫色的，挨着瓦片，似乎苍老；粉色的，少女留下的一吻。这些都很精彩，且又清幽，周围没有一点动静。牵牛花下的是李妹娜，她在翻动着芝麻，以让日光晒得更充分。到了下响才炒芝麻，需要什么样的火候，要炒至几分熟，这些都是很有讲究的。过熟，芝麻糊吃起来略带苦涩，不够熟，芝麻糊缺乏浓香，这些全凭她的手艺。炒熟后便加入一样多的大米，用石磨磨了起来，水泥浆一样的芝麻糊从磨口徐徐落到盆子里。暮色降临之前拿去店铺，有顾客点了，煮沸出来就是一碗香喷喷的黑芝麻糊。

李妹娜有男朋友了。她男朋友是镇武装部长的儿子，叫孙飞。孙飞去镇子十字路口吃芝麻糊时看上了李妹娜，软磨硬泡地，把李妹娜磨成了他的女朋友。孙飞梳着一个中分头，开着一辆他爹买给他的捷达，脖子戴着一条小指般粗的金项链，穿着黄花黄花的短袖衬衣，故意拧开最上面一个纽扣，露出他的胸毛。孙飞平日不务正业，和他的狐朋狗友们出入酒吧舞厅，开着车到处招摇过市。据说读书的时候他还在女同学的饮料里下过迷魂药，这些事镇子里的人都知道，李妹娜应该也知道。没人清楚李妹娜到底看上他什么，镇子里的人都说她看上的是他爹的位子。那时社会上流行一种说法：爱情不能当饭吃，但面包可以当饭吃。

李妹娜成了孙飞的女朋友，程光荣心里很是愤怒，总是骂着他："这孙子有什么好，文化低，一副流氓的样子，他只是一个'货王'，女人用完了就扔。"

过了一年。一辆车头挂着大红花的轿车来到巷子头，附近的人都过来看热闹。程光荣听到礼炮声，知道李妹娜嫁人了，他没出去看，也不知新郎官是谁。

自此，巷子里再也没有李妹娜了，也没有了芝麻香。程光荣去上班不走那条巷子了。

禾楼恋曲

　　连续下了几天淅淅沥沥的小雨，小镇的街道又湿又滑，好些路人都险些摔了大跟头。这时正是夏暑，镇子东北角一棵高大粗硕的人面树，挂满了绿油油的有小梨子那般大的果子，在雨露的沐浴下，沉沉的，看着摇摇欲坠。那果子拿到手上，却不甚好看，布满了星星点点的褐色斑点，尝一口，酸涩得令人全身发麻。人面树布满了树洞，小孩可以轻易爬上树去。几个小孩正在树上游戏着，不巧出了一场意外，一个小女孩从不高的树枝上摔了下来，其他孩子连忙喊来大人。

　　"叫你不要这么贪玩咯，说了几十次了，就是不听，脸上一旦长了疤，还嫁不嫁人的？"女孩的母亲骂道。

　　女孩只顾着哭。

　　女孩得到了及时的救治，此后并无大碍。女孩名叫秋珍，一副倒三角脸，脸色黝黑，明眸皓齿，长长的秀发，穿着一身麻黄色的梅花格裙子，好动而灵气。她与小伙伴说话，常把一个"妖"字挂嘴边，"妖，我也有""妖，不好看"。

　　两阳北边有一小镇，小镇里有一位老铁匠，人称打铁孙，因技术精湛价钱公道，每逢赶集日他制作的锄头、镰刀、耙子、斧头备受群众青睐。铁匠家有个二儿子，长得人高马大，从小就跟随父亲学打铁。打铁孙过世后，二儿子便子继父业，娶了本镇一女子刘氏，两口子琴瑟和谐，家里又种有两亩水田，丰衣足食。刘氏产一女，因是秋天来到这个世界，便取名秋珍。秋珍之前还有一位二姐孙秀喜以及大哥孙正易。

铁匠铺位于镇子的繁华地段，周围商铺鳞次栉比的，街道上行人络绎不绝。一块黑色铁板做的牌匾悬在大门上方，上面漆着"老孙打铁铺"五个金色的大字。这是一种非常长的青瓦屋，宽不到两丈，却竟然有三十多米之长。火炉就设在最前面的大厅里，平时叮叮当当的，夫妻俩铁锤打铁砧——硬碰硬。女主人用大钳子钳住烧得通红的铁块，男主人一锤一锤地锻打成型，产生的火星向四周溅射，有时还会落到大街上。稍有停歇，女主人就去翻弄火炉里的煤炭，男主人则在一边抽水烟，那水烟管咕噜咕噜地叫。打铁铺门口，两张四脚高凳和两块木板铺成一个摊位，上面摆着林林总总的铁制品，任由过往路人挑选。

打铁是异常艰辛的，熊熊烈火前不断地锤炼，乃至大汗淋漓，这是一门耗体力的劳动。正因为如此，孙家不愿意子女继承这一事业，虽不算大户人家，而供孩子上学还是绰绰有余。孙家定了个标准，男子读书无上限，而女子以识字为最低要求。孙家怕出什么新的幺蛾子，那次意外之后不久秋珍便被送到了托儿所。托儿所主要是托儿，少有教学，但会教念《三字经》《弟子规》，男女同堂，说是读书，大部分时间不过在里面玩耍，读了一年秋珍只学会了一句：人之初，抓泥鳅；性本善，抓黄鳝。

镇子的西边有一条河流，是漠阳江的上游。水从源头穿越山林，渐入人烟，从大山深处带来大自然的滋养和柔情，抚育着这片土地。到了这里，水流湍急，望去河水青黑，扔一块石头进去，见不到溅起水花——河水深不可测。河流在不到两里远的下流平原发散成两条支流，而后又汇合，之间有数不清的小岛，岛上长满了茅草，成了白鹭和野鸭子的天堂。咆哮的雄狮变成了一位柔情少女，这里俨然一个三角洲，甚为浩渺。

河的下游不远处是一座嶙峋连绵的大山，那是喀斯特地貌独有的山体，突兀且孤单，仿佛是大自然的弃儿，那也是太阳休息的地方，夕阳藏到山的后背，大地被涂成了墨色，人们就从四面分别往家里跑。三角洲的水流缓慢，可见三三两两的渔民，戴着圆圆的大斗笠，背着鱼篓，撑着竹筏在打鱼。他们打鱼的工具不是网，而是七八只、十来只白腹黑背的鸬鹚，那样子像鹰又像鸭，蹲在竹筏上扇着翅膀，蠢蠢欲动，就待主人一声令下，便齐齐潜入水中围捕猎物。鸬鹚天生是捕鱼的能手，长着一张锥状的黄色长嘴巴，下喉有小囊装鱼，在水中游动如人之于空气中行走，因而被人类驯化用以捕鱼。鸬鹚捕到的第一条鱼属于自己的美餐，从第二条鱼开始就要归主人所有，主人先用稻草绳控制其食道，直至其完成作业任务才将其"解放"。

这一年秋珍十六岁，正读初三，大哥孙正易中专毕业后在城里一家农业银行工作，二姐已经初中毕业。自从大哥外出读书后，秋珍和秀喜在家帮忙料理家务，择菜、喂鸡、晒谷子、买铁器，她们时常来到河边洗衣裳。

> 哥哥今年十有八，
> 屋里无人帮洗衫。
> 唱句山歌去对岸，
> 对岸有个靓妹仔。
> 哥妹两人心情愿，
> 无须再揾媒人婆。
> …………

这是从竹筏上传来的山歌，唱着这歌的是一个蓄着短发的叫陆军的小伙，今年十八了，长得像竹篙，他的父亲叫陆老瘦。

刚满五十的陆老瘦已经在这河里捕了三十年的鱼，陆老瘦不是他的本名，只因人长得又高又瘦而得名，本名反倒没人记得起来。陆老瘦是河对面伍家村人，这条村子有点古怪，有姓伍的也有姓陆的，姓陆的人比姓伍的人多，却叫伍家村而不叫陆家村。据说很久很久以前，姓伍的确是比姓陆的多，这说法已无从考证。陆老瘦祖祖辈辈在此以打鱼为生，危邦不入，乱邦不居，到他这一代也不知是第几代了。不过总算是后继有人，他的小儿子陆军已经跟着他打了三年鱼。陆军高高瘦瘦，面容冷峻，鼻梁高挺，眉毛就如一把利剑，别看他瘦，力气可盖过他爸，如今撑起筏来可是比他爸还利索。

伍家村有跳禾楼舞的习俗，每年六月和十月丰收过后便要到田间地头跳起禾楼舞，陆老瘦在里面扮演巫师，而陆军则负责吹嘀嗒（唢呐）。陆军年纪虽不大，但吹起嘀嗒得心应手，这绝活也是从陆老瘦那里继承过来的。村民遇到老人过世的白事，父子俩便会在场，有时老子吹嘀嗒儿子敲锣，有时儿子吹嘀嗒老子敲锣。后来陆老瘦做起了禾楼舞的巫师。这差事的上一任是陆老瘦的六叔，只因六叔伤了脚行动不便，才说服了陆老瘦接班，那可是捞不到什么好处的活，陆老瘦看在叔侄的情分上才勉为其难。

秋珍秀喜两姊妹长成了一个模子，十足像她爸，镇里人常常和孙打铁开玩笑："保准你家婆娘没去偷人，几个崽一看就是你的种。"只是，大家都说妹妹比姐姐漂亮。秀喜谈了男朋友，是本镇子的一户姓余的，这户人家就三口子，两老夫妻和一个儿子，小伙本分勤劳。余姓一家子在镇子里开了间小食店，卖布拉粉为生，铜门对铜门，木门对木门，孙家对秀喜这门亲事甚为满意。

秀喜谈婚的这年，秋珍已长至一米六高，长发及腰，已经是一个大姑娘了，平日叽叽喳喳的，口来手又来，活泼且能干。镇子里不少男子追求过她，几乎踏破门口，可秋珍都说不中意，她心里早就有意中人了，那个人便是陆军，这事只有她二姐秀喜知道。

"姐，我最爱吃布拉粉了，特别是加了牛腩汁液的，你嫁了过去，以后我吃布拉粉就不要钱了。"

"妹，我以后吃鱼也不要钱了。"

"妖！乱讲乱。"

"布拉粉还能吃多少，吃几次你便吃腻了，任你吃，你也要任我吃，拉钩不拉钩？"

"那我可不是亏了，鱼可吃不腻，你看镇子里的有钱人家，每天都吃鱼。"

"怕什么，又不会天天去他那里吃……怎么，还真当他是自己的人了？"

被秀喜这么一番撩拨，秋珍又气又欢喜。

农历六月十四，收割刚过，正是跳禾楼舞的日子，周围村庄和镇子里的人会渡河过来伍家村看热闹。秋珍听人说跳禾楼舞好看，便好奇跟着秀喜、婶婶一起去，婶婶是个舞迷，年年都要过去，这天她们三点多就动身了。

村民早早就在伍家村前开阔的田地上搭建了一个禾楼，那禾楼其实就是一个用竹子架设的简易舞台，再在舞台周围紧堆放着一捆捆的禾草。禾草上挂满了红眉粉脸的面具，或嬉皮笑脸，或荒诞不经，或威严庄重。禾楼旁边架起了三堆比人还高的篝火，火焰冲天，把半边天都烤红了，火烟顺风而去，看着就像一层袅袅升起的雾霭。一个牛头木杖高举在田地的中央，注视四方，令人望而生畏。这时，一众小丑打扮的舞者举着火把缓缓进场，少说有二十多号人，小丑头戴斗笠，脸被面具遮罩着，穿着白领黑衣，双脚用白布包裹——他们是今天的主角。

"喂，你也来看禾楼舞呀？"

说话的是秋珍，对方是陆军，他们俩碰上了，也许是天意。他们早就见过面，陆军打鱼的时候，远远就能看到秋珍在岸边石板上洗衣裳，他们互相认得，只是彼此不知对方叫什么名字。有一次秋珍洗衣裳的时候不小心被河水冲走了一件上衣，正是在附近打鱼的陆军用竹竿帮着挑了回来。

"是呀，我是来帮忙的，我爸在这里做事。"

"你爸？高高瘦瘦的那个？"

"嗯，是啊。你和谁来的？"

"我和我姐姐、婶婶。"秋珍指了指淹没在人群里的姐姐、婶婶。

"好，你等着看吧，我要去那边准备吹嘀嗒啦。"

"吹嘀嗒……你还会吹嘀嗒？"

"嗯……待会再说。"陆军点点头就过去了。

稻田上人潮涌涌，从四面八方来的看客熙熙攘攘，犹如一场赶集，有些甚至从十里以外的地方赶来，多数是镇子里的人，伍家村的反而不多，或许是早就看腻了吧。

稻田的西边是一个稍高地堂，地堂边长着四五棵荔枝树，秋珍甩开了婶婶，爬上了一棵荔枝树，下面的表演一览无余。夕阳下，余晖穿透西山的丛林，竹子、泥巴、水牛、人的毛发都泛黄了起来，清风习习，这是跳禾楼舞最理想的时分。鼓镲声中，巫师陆老瘦赤裸着上身，头盖枝条帽儿，左手捧圣水，右手执金枝，在稻田上转了一圈，随之迅步蹿上禾楼。陆老瘦登上禾楼后，用金枝不停地蘸上圣水洒向东西南北，以此祭祀神灵，后再把圣水洒向人群，为百姓祈福。一番仪式过后，陆老瘦旋即穿上舞服，脱下枝条帽儿，戴上脸谱面具，充当起领舞者。陆老瘦高举牛头木杖，摇响铜铃，召唤族人一起踏舞，此时二十众小丑尾随其后，摇身，摆手，踏足，翩翩起舞。

这禾楼舞颇具神秘色彩。相传古老时期，粤西一带遭遇旱灾，颗粒无收，神农氏便派遣曾孙女禾花仙女前去拯救，禾花仙女挤出自己的乳汁，灌溉了农田，百姓因此获得丰收。人们为了感谢禾花仙女，从此丰收后便跳起禾楼舞，庆丰收，祈平安。

"秋珍，找你可久了。"

"你咋知道我叫秋珍，你又叫什么？"

"刚才见你婶婶喊你啊。我叫陆军。"

"怎么不是海军？"

"我咋知道，要问我祖宗，为什么不姓海。"

"和你说笑了，这么认真干吗。"

"刚才差点把你姐当你了，你们俩长得可真像呀。"

"别乱认人，我姐有了相好的，被她相好知道，那可是要吃几坛子醋。"

"那认你会有人吃醋吗？"

"我怎么知道……应该有吧。"

"谁？"

"镇子里的男生。"

"说得自己好像万人迷一样。"

"你以为！"

"是了，你坐谁的船过来的？"

"撑渡的。"

"我待会要去镇子里的仁和堂给我娘抓中药，不如我们一起去，把撑渡的钱都省下，到镇子上吃杏仁茶，你一碗我一碗。"

"好呀，很想试试你那竹筏好玩不，不过，我婶婶和我姐呢？"

"那竹筏只能载你一个人。"

"你那竹筏不会翻吗？"

"不怕，我会游水，可以潜入水中两分钟不冒头。"

"是不是啊？"

"骗你有奖呀？我还在河里救过人，一个在河边洗菜的妇人，不慎掉到水里，人有两个你这么大。"

这晚刚过戌时，皓月当空，皎洁的月光映在河面上，随波荡漾，宛如一片朦胧的白霜。岸上，蟋蟀在弹琴，青蛙在打嗝。陆军用竹篙哗啦哗啦地划动着河水，秋珍在他身旁一竹凳子上端坐着，抓得稳稳的。竹筏顺水而下。秋珍抚摸了下冰凉的河水，问陆军："你妈病了吗？"

"是的，病了两年，每隔五天便要到镇里抓中药回去煎。"

"什么病来的？"

"不知道，爸说是贫血，可是贫血哪有要吃这么久药的。"

"是呀，你爸不肯说真话。"

"爸不说我也是知道的，妈的病没法治了。"

"怎么不去城里的医院看？"

"她不肯去，说去了也没用，浪费钱，说等我结了婚，冲了喜，病就会好。"

秋珍甩了甩手上的水，又看了看天上的月亮，眼睛张得大大的，仰视看着陆军："结婚……那你有女朋友了吗？"

"还没有呢，不知在哪里！家里穷，没人愿意跟我。"陆军直视着水面，使劲地撑着竹筏。

秋珍听陆军这样说，不自觉地"啊"了一声，羞羞地说："会有的，会有人喜欢你的，只是你还不知道。"

"但愿吧……"

"但愿？对自己这么没信心？是一定会有，好吗！"

"你又怎么这么确定？那人在哪里？"

秋珍站了起来，指了指天上的月儿："在那里！"

"天上的嫦娥吗？"

"妖，比嫦娥还漂亮。"

"哈哈。"

"笑什么，情人眼里出西施！"

秋珍坐着无聊，也想撑筏，她站了起来，却险些摔倒，陆军连忙扶了她一把。陆军碰了秋珍的手，秋珍也碰了陆军的手，两人心里都怦怦的。陆军把竹竿给了秋珍，她果真撑了起来——竹筏在静静的河水里穿梭，明月在薄薄的云层上行走。

镇子里的夜晚，星星点点，昏暗而寂寥，人们在忙碌着各自的家事。镇子中心，那又是另外一番模样，一盏高高的路灯，发出橙黄色的光芒，柔柔的，暖暖的，照耀着一片繁荣的角落。蹲着卖香蕉的老人，遛狗的少妇，过往的学生。街心那档糖水铺的半老徐娘在吆喝着路人："靓仔，靓妹，吃芝麻糊咯——吃杏仁茶咯——"路人只是侧头看看，没有理睬。一个少年，骑着一辆单车，从街上飞驰而过，扬起了一阵纷飞的尘土。

药店离打烊还早着呢。

水翁子

　　我的交际圈子甚小，多是些年少时的同窗，这同窗里面有几个聊得来的，便成了知己。曾经好些年都与他们有书信往来，到了青年，各奔前程去了，便渐少了音讯。

　　陈时择便是我年少的知己之一，初中我们同窗三年。不知为何，他父母给他取了一个如此古怪的名字，时择，什么意思？我是没搞懂。陈时择是一个很温和老实的同学，矮矮的个子，说起话来细声细语，我和他聊得来，那是因为我们性格相似——物以类聚。读小学我便认识他，他在我隔壁班。

　　陈时择的家离我家不远，我在镇子的边上，他的村子则离镇子约莫两里路，我到过他家里玩，要穿过一片平坦的稻田和一条河流。河流两岸长满了水翁树，夏日里悠闲地倒映在缓慢而清澈的河流里，使从此路过的人心旷神怡。树枝上挂满了一串串的小果子，紫的，粉的，绿的，远远看着像是画家的调色板。那果子我吃过，酸涩，人们通常不吃，却是小鸟的美食，满地里是鸟儿啄食后丢弃的果子。我问陈时择：什么果子，那么好看？他说：水翁子。

　　这河流的北边还有一条稍大的河，村子就在两条河流交汇处，他家紧挨着地堂，一座宽敞却昏暗的砖瓦屋。我到的时候陈时择正在地堂上"踢谷"（脚部行走翻动晒谷子），谷子"唰唰"被分成了一列列，歪歪斜斜，如同老人的皱纹。他家还有一座老屋，早已破败不堪，里面用来圈牛，堆放柴草。他的父母是地道的农民，我是没什么印象了。我认得他大哥，初中毕业后在一所乡村小学做代课老师，我常见他开着一辆"嘉陵"经过镇子。他之下还有一个弟弟。我去他家干什么如今是早已忘了，该是暑假闲着，沿河而上，不晓得已经来到了他们村子，便顺道"探望"下他。

陈时择学习不甚好，但胆子很大，人老实。读初中晚上是要上自修的，镇子的街道还没有路灯，灯火依稀，而从镇子到他家更是要在漆黑中走田埂（他备有手电筒），接着要穿过一片阴森森的坟地，那些坟茔就是白天看着心里都毛毛的。可见陈时择的胆子有多大——没有同伴，班里只有他是那条村子的。读初一时，我当副班长，手里有一个记分簿，什么同学旷课、早退迟到的，我就要记上大名。有位同学旷课了一天，第二天我问他为什么没来，他说他婆死了，他既然这样说我便没敢追问，死人的事总是晦气的。后来听人说他那天其实到街上打游戏机去了，而他婆已经死了好些年，从此我便感到这位同学很不老实。陈时择也旷过几次课，没事先请假，有一次说是洪水太猛过不了河，有一次说是要帮忙割禾，陈时择没有说谎，他很老实。陈时择有个邻居，叫陈时元，是我初三时的同桌，但他家早已搬到镇子上了。陈时元也是老实本分的人，这村子爱出老实人。

初三中考，我考取了县一中，陈时择则去附近的镇子读了职中，读了一年（记不准一年还是两年）不知何故去了城里打工。他打工攒了一笔钱后买了一辆"125"，在城里做起了摩的司机，这时我已经去了外地上大学，这些状况都是从他的来信中得知的。他给我的来信抬头喜欢称我为"豪兄"，他实际比我大几个月。我给他回信的内容几乎都忘了，唯独一次他在信中表达很羡慕我有大学读，我看了之后笑了笑，我读的不过是一所省属高等专科学校，还不知算不算是大学，便给他回信："择兄，你其实也是在读大学——社会大学，比我的学校大多了。"他看了这信会是什么感受？估计也是一笑了之。

过几年我也读了"社会大学"，又走南闯北了些年，然后回到我们这座沿海小城。有一天陈时择来拜访，穿着一双满是尘土的黑皮鞋，刚进家门口，他说要脱鞋，我说不必，又不是豪宅。他蓬头垢面，胡须该有些天没剃了，看起来苍老了许多，不像一个二十多岁的年轻人。我刚想夸一下他那撮胡须可以和鲁迅的媲美了，没等我开口他倒是先自嘲起来："……摩托佬是这样的啦，不要介意。"他讲了他的一些现状，随之抱怨做摩托佬赚不到钱，还时常遭打劫，黑的打劫，白的也要管束，而羡慕我坐着"打打"电脑便可赚钱，不必日晒雨淋——那会我正在经营一家网站。后来我写了部长篇小说《天火熊熊》，那个主人公就是一位摩托车司机，灵感便是从此而来。几番寒暄过后，他放缓了语速，难为情地说要向我借钱。原来，他的那辆"125"被运管部门逮住，以非法运营的罪名没收了，他有位职高时的同学说可以帮忙捞出来，但是需要八百块请客吃饭，而他身无分文……八百块不多，我欣然同意。

陈时择从我手上借了八百块，但他的那辆"125"有没有捞回来我不清楚，因为借钱后，他便和我失去了联系，他也不上网。有一次我还做了一个古怪的梦，梦中陈时择搭客认识一个刚丧偶且有钱的胖女人，被那女人看上，随之跟她跑路，去了远方。那女人看中了陈时择什么，梦里没有交代，我后来想，该是他的那撮性感的胡子——骑着摩托，戴上头盔，露出脸，胡须在风中飘逸，型！可陈时择是个老实人，他该不会如此，他已经是有家室的人了。有一年的夏天我好像见过陈时择，那天我坐车路过汽车总站，他正在车站门口载客，他的摩托车装着一把彩色遮阳伞，伞的样子像极了一条蓝鲸，在空中游动着。我离得远远的，瞄了一眼，他的身影一闪而过，不确定是他。陈时择没有跟胖女人跑路，他很自由，仿佛一条鱼到处游荡，他该是把借钱的事给忘了。

我对那个时期的摩托佬很有印象，他们多是些三教九流、没有学历或一技之长的男人，这些男人平日里无事可做，只因会开摩托车，便买辆"嘉陵"或"125"操起了这个简单的行当。有首童谣这样唱："摩托佬，摩托佬，无搭夫娘搭大姐……"童谣里的"夫娘"是已婚妇女，而"大姐"则是未婚姑娘，嘲笑摩托佬的市侩气。我曾经坐过无数次摩的这种交通工具，十块钱就可以从城市的北跑到南，从东跑至西，从车站到城里的家不过五块钱，砍一下价三块钱也干，便宜又便捷。摩托佬有个共同点，就是废话特别多，每次我坐上去，他们就开始谈天说地，我只是时不时"嗯""哦"几声，他们却停不下来。说的内容无所不包，有诉苦日子难挨的，有议论某个黑社会大佬如何有钱的，有说他同学当了派出所所长的，当然最多的还是骂街——骂交警，骂与其抢道的车辆，还有那些横穿马路的老人和孩子。尽管诸多"路见不平"，摩托佬却几乎不讲交通规则，遇到红灯就绕着走，甚至左顾右盼后伺机冲过去。摩托佬赚的都是血汗钱，看似无本之利，可是要加油，要维修，一辆摩托跑个三五年也差不多要报废，有时搭上一个流氓地痞，要不到钱还得挨刀。摩托佬收入微薄是事实，我见过收杂货发达的，却没见过做摩托佬可以发达的。我问过陈时择为什么要做摩托佬，他认为这样会自由点，来钱也快（是快不是多）！

后来我搬了家，到城里的东边住了。有一天，不记得何年何月，大约陈时择借钱后四五年了吧，那时正处盛夏，楼下樟树上的鸣蝉发出一阵阵洪亮而高亢的"呜——哇——"声。我母亲打来电话："海，你同学刚才来还钱给你。"

"什么……？"我听不清楚，窗外的蝉鸣声太刺耳了。

"你同学来还钱给你！"

"哪个同学？"

"搭客的那个呢，他哥做老师的……"

"哦——"

"说先还你四百，过段时间有钱再还。"

陈时择来还钱，我没想到。他为什么不给我打电话？我母亲说他不好意思。

陈时择告诉我的母亲，他早已没做摩托佬了，后来到城西一个刀具厂当冲床工（据说这工种只有胆大的人才敢干），可不出半年，操作冲床的时候截断了四只手指，落下了终身残疾。他从此失业了，膝下还有四个才上小学的孩子，家里穷得响当当，实在没钱还债，这两年在家里做点手工，才稍为喘口气。

这年冬至之前，陈时择又到我老屋里还了剩余的四百块，还提来了一只阉鸡，说给我过节杀来吃，我明白他送我的那只鸡是用来表示歉意的。陈时择是真的没钱，他不会赖账，因为他是老实人。可是就这么一个老实人，在还清债之后的第二年秋天便死了。我是多年以后才得知这一噩耗的。那年的夏天，我回到了镇子里，在河流上拍了几张水翁子的照片，欲在微信发给陈时择回念，这才发现他的账号注销了。不过我有他妻子的微信，在与他妻子的交谈中得知他早已病故。他在弥留之际把所有的债都还清了。

陈时择静悄悄地走了，水翁树依然还在，水翁子依然还那么好看。想着，想着，我黯然泪下。

冬 梅

寒风吹，雨花飘，又是一年赏梅时。

每年冬至后，差不多到元旦这段时间，卫国梅花正绽放着青春的艳丽，我便会登到巍峨无人之处，赏那纯洁而高贵的梅花。今年依然如此。不过今年的梅花开得比较早，阳历十二月就漫山遍野了，时间比以往足足提前了一个月，这应该和上一年润了一个月有关。

我站在梅园之上，放眼大地，景色是一片的萧条。这时，一位红衣女子从梅园的远处轻轻走来，她的善良令梅花都为之动容，像雪花般一片片地随风飘落在她的倩影中。女子渐渐走近我，莞尔一笑，问我何时来到，我说刚来一会。她叫我到她家吃饭，我推辞了，说车上带了干粮。我实在不想麻烦人家，何况也没备什么手信，两手空空进人家门很是难看。客套过后，我和女子聊起了家常，言谈中才知道她在过去的这一年过得是如此之艰难。

女子的名字叫冬梅，在镇上一家制衣厂的食堂做火头工，家里还有两个三四岁的小孩以及她婆婆。她的男人去了香港——打工，已经连续两年没回来过，以往春节都会回来和一家老小团聚，如今因为疫情，入境需要隔离十五天，那么不回也罢。

前些年，该有四五年了吧，那年阳春四月，我这边需求青梅的顾客较多，还缺三四百斤，这些单子是不能退的，大部分人都准备好了酒，就等我的青梅来泡酒，而坤叔家的青梅已经摘完，我便发了个朋友圈问谁家还有青梅。冬梅就是这个时候和我联系上的，我不知是她加的我，还是我加的她，看聊天记录，之前没说过一句话，真的想不起来什么时候添加了这位好友。那次，冬梅说她可以帮我收购青梅，都是靓果，不过每斤要给五毛钱她作为人工费。她从微信上发来一些青梅的图片，虽然是"打果"，但经过挑选后和"手摘果"没什么区别，我看着还算满意，便同意了这桩交易。从此我们便熟络了，还时不时见她会点赞我的朋友圈，惭愧的是我未曾"回敬"过——信息多得实在应接不暇。

这个叫冬梅的女人，留着短发，黝黑的皮肤，柔弱的身躯，有着南方山里面那种传统妇女的腼腆。她那样子一下子让我想起了我的外婆——我外婆年轻时不知长什么模样，但我想应该是这类型的，外婆老的时候就是如此瘦小，背驼得像把弓，似乎一折就会断掉。

冬梅跟我说，她和她男人结婚那会在镇上买了套商品房。虽说是一个小镇，可是房价却和城里面的相当，她和她的男人结婚前都在珠三角的工厂打工，剩不了多少钱，首期花的十几万大部分是从亲戚那里借来的，每个月要还差不多两千块给银行。她男人在香港做的也是火头工，每个月都会寄钱回来交房贷和还亲戚的债。镇上的房子晾了好几年，修修停停的，一直没装修好，如今冬梅还住在乡下她男人的老屋里，老屋到镇上差不多二十里路。她服务的那个制衣厂，原先有四五十个工人，后来由于疫情的原因，生意不好做了，老板只留下二十多人。冬梅就在这里负责这些工人的早午餐，每天凌晨五点多就要骑着一辆助力车出门，干到中午工人吃完饭，洗完了碗，下午便可以回家料理自己的家务。

大儿子上了幼儿园，小女儿则刚在鬼门关那里夺了回来，现在是婆婆帮忙带着。

说家家都有本难念的经，真的没错。去年夏天，活泼可爱的小女儿突然走不了路了，站起来就会瘫倒在地上，吓得一家子手足无措。听村里人说，民间认为这是身体进了"猴风"便会如此，经人介绍找了隔壁村一位会烧艾的妇人烫了全身上下的穴位，可是连续烫了好几天也无济于事。村里人便问冬梅每次给多少钱红包那妇人，冬梅说给了二十元。大家都数落冬梅不大方，二十元如今还不够买个快餐，怀疑是红包太小，妇人未曾下"猛药"。之后，金梅每次都给了百元红包，可是依然没有转机，便连忙带着女儿到镇上看医生。镇上的医生说可能是缺钙，便开了一些钙片，吩咐回家观察。

又过了半个月，女儿的病情非但没有好转，还加重了，此前扶起来还能站立几秒，现在是连一秒钟都站不住，身体如同软泥巴做的，一松手就会塌下来。冬梅叫了辆滴滴，一个人带着女儿到城里的S医院，托了熟人找到了副院长，检查了一遍，初步判断是一种叫吉兰－巴雷综合征的罕见病，称住院注射一周丙球蛋白便会好转，并做了腰椎穿刺等进一步确认。丙球蛋白是昂贵药品，并没有列入医保用药，就算列入也无济于事——说来也是屋漏偏逢连夜雨，她并没有为小女儿购买新农合医保。原来小女儿的医保是从银行卡扣款的，而银行卡余额不足导致扣款不成功，而又一直没去充值，便错过了当年的医保。

冬梅请了假，在医院陪了女儿一个星期，也注射了近十瓶丙球蛋白，花费了一万多，却完全看不到好转的迹象，这时腰椎穿刺结果也出来了，说排除了吉兰－巴雷，院长称无能为力，建议转到广州大医院就诊。这时离病发已经过去一个多月了，不能再拖了，冬梅的男人在香港也只能干着急，冬梅在当地做了核酸检测后便马不停蹄带着小女儿坐大巴到了广州 T 医院。T 医院人满为患，每做一项检查就要排队等四五天，做完全身彩超和核磁共振一系列检查足足花了半个月，医生这才给出结论：小女儿腹部有一块俗称"神母"的肿瘤，已经长至七厘米大，压迫了脊髓神经组织造成瘫痪，必须尽快手术。得知这一结果，冬梅犹如五雷轰顶，茶饭不思，可命运就这样安排，又能怎么样呢？男人在香港，这一切只能自己扛着。

冬梅在病友群咨询了病友们的建议，病友们一致推荐她到杭州 M 医院进行手术，原因无外乎是 T 医院手术马虎，许多病人需要二次手术——这话吓得冬梅不轻——而杭州那边有一位人称"江湖一刀"的外科医生，可以割得一干二净。在广州做了核酸，冬梅连夜登上了去杭州的班机。"江湖一刀"并非浪得虚名，很快就给冬梅安排了住院检查，广州那边要半个月才能做好的检查，他那边三天就完成了，接着的手术也进展得非常顺利。

前后两个多月的时间却似乎过去两年，几经辗转，冬梅已经精疲力尽，庆幸的是小女儿救治及时，又经过几次化疗，如今康复得很好，行为举止和正常小孩无异。因为没有买医保，前后花销差不多十万，这相当于她男人在香港一年寄回来的钱，不久前她和她男人商量了一下，打算将镇里的婚房卖了。

雨花越来越浓密了，冬梅也似乎不愿再谈及太多，从她那忧郁且显无奈的眼神中，我好像看到了一个个漫漫长夜，看到了一位老妪在风雨之中艰难地爬行。一个女人，或许有诸多缺点，或许会犯各种毛病，但作为母亲，她对儿女的爱永远都是无私的，崇高的。这个女人，她的名字叫冬梅，她的坚韧与顽强，她的慈爱与善良，无不令我钦佩。

我们道别了，她沿着来时的小路，回去了……雨花还依然在飘，寒风还依然在吹。

　　也不知为何，今年卫国的梅花格外繁茂，一身白衣裳包裹着一张粉红的脸，一朵朵地，或长在枝头上，或落在草地上，沐浴在霏霏细雨中，令人看着感到高洁而优雅。

　　我反悔了，回城之前去看了看她的小女儿。

卖水果的中年人

在果冻厂两个厂子之间的马路上，有一个卖水果的中年男人，每当夜幕降临他便开着一辆"长安仔"（一种小型货车）到转弯角的一排樟树下，放下车厢的栏板卖起水果来。这是厂子里男男女女上班、回宿舍的必经之路，厂子少说有好几千人，那些红男绿女或独自快步着，或三三两两边走边攀谈着，似乎并不理睬卖水果的中年人。

中年人长得很壮实，五短身材，皮肤黝黑，两个胳膊稍微隆起，整个外形就像块板砖，该是那种从来都不会发烧感冒的人，因为他的身体已经和阳光、风雨融为了一体。两鬓却已经长出来不少白发，前额微秃，留着短胡子。他常常穿着蓝色短牛仔裤和短袖 T 恤，腰间背着一个用来装钱的黑皮包包。这身打扮是当地的老传统，短衫短裤干活麻利多了。他凝望着过往的路人，用早已录好音的喇叭吆喝着："西瓜咯，又平又靓的西瓜，十块钱三斤，甜甜甜——"

他不是每天都喊这一句话，有时西瓜又变成了荔枝，有时荔枝又变成了龙眼，最后却总是少不了"甜甜甜——"，这话几乎成了他的招牌，我好几次散步从那里经过，都能听到这声音，拉得很尖很长。

中年人我认得，还是我的乡里，哪条村子的如今是记不清楚了，只是记得他曾经说过。十年前我到县城里盖房子，包工头喊他过来扎钢筋，交谈之际方知我们是同一个镇子的乡里。他比我还小两岁，只知他名，什么姓并未细问。他的情况我母亲较为熟悉，许多关于他的事都是母亲告诉我的。

他就住在县城我家附近的一幢私人商品房里，私人商品房也是商品房，不过是微型的。当地一些老板弄来一块百来平方米的地皮，建上一幢五六层的房子，每一层分两户，以较低的价格售卖给乡下到城里的人，这类微型商品房在县城里到处可见，不过，实为方寸之地。母亲告诉我，他育有两个女孩和一个男孩，家里还有一个七十多岁的老母亲，他那房子每月要还贷两千多，两夫妻在工地上扎铁谋生，养活着这一家子。

扎铁不只是扎，还要一层层往上搬，这边有个词叫"托铁"，就是形容那种粗重的体力活，比"搬砖"辛苦得多。他的女人长得又胖又结实，干起活来粗犷无比，可顶半边天。我很少在工地，但时不时见他两夫妻携带着几个孩子一起过来，那个最大的小女孩七八岁，小的还在小推车的襁褓之中。

年前，我母亲不知怎么又和我说起了他，说他的大女儿已经嫁人了。我算了下，也不过十七八岁的年纪，当时是一阵的诧异。不想，母亲却说："她妈说早点嫁也好，房子小，腾不出房间来了，领不到结婚证就等生了孩子慢慢再领。"

第一次知道他改行卖水果是这个夏初，正是梅子黄时。

疫情前我有每天晚上出去散步的习惯，吃完饭就在附近漫无目的地转一圈，听说这样有助于消化，疫情来临后这习惯便戛然而止。可两年下去依然未见疫情有结束的迹象，实在按捺不住对自由的强烈渴望，便偶尔会到外面透透气。家附近是一片巨大的厂房，全国有名的果冻生产基地。那晚，我如同一只没有方向感的仓鼠，在街道上穿行，淹没在人来人往中，浮现在星星灯火中。

高大直通云霄的烟囱冒着滚滚黑烟，一股罡风把它吹散开来，它继而与黯淡天空中的一朵花一样的白云缠绵着；不知从什么地方散发出一种像是淀粉被烧焦了的味道，又像是烤饼干的味道；对面沐足城巨大的招牌霓虹在不断地变换着颜色，却大门紧闭。中年人在他的水果摊前端坐着，我一眼就认得他，因为像他这样黝黑的人印象中也只有他了。

"粉蕉怎么卖？"一位骑着摩托车从此路过的妇女上前来问。

"五元。"

"火龙果呢？"

"四元。"

"贵了，三元卖不？"

"呵——没什么钱赚的，有心买的话三块半吧，你去水果店买要五六元。"

只见那妇女买了袋火龙果，骑着摩托车扬长而去。

"喂，老板，怎么在这里？"我向他迎了上来，大声说道，我早已驻足了片刻，只是方才不便打扰他做买卖，而他并没有留意到我。

"哦——你才是大老板。"

不知是不是我们这边的人才有的传统，人们见人都喊"老板"，只要做点买卖的便是老板，正如人们见到不论什么相貌的年轻人都喊"靓仔""靓妹"一样。他被我一句"老板"撩拨得满心欢喜。

"老……老蚊子！什么时候转行了呀，没去做工地了吗？"

"工地哪还有工开，早就没工开咯，去年年底已经开始卖水果。"他叹道，"本来想入厂做的，可是厂也没什么工，一个月放假了半个月，见没什么好做的就卖点水果，搵两餐。"

"在这卖呀？"

"见什么地方人多就去什么地方，不固定的。"

"生意还好吧？"

"不行，勉强搵餐吃，望过年过节，会好卖点，平时就这样，你看到的，这么久才卖了几斤火龙果……只是晚上出来卖，白天去做一下货拉拉，拉两三单，赚点买菜钱。"

"货拉拉……？就是帮人搬家的那个？"

"是的。"

"哦，拉一单有几钱入袋？"

"很难说，在市区里拉，一般五六十吧，还没除油费。"

"这样，那也没多少，扎铁的工不再做了？"

"有人叫就去做，基本很少了，现在的人有钱都不盖房子了，这环境，谁敢乱花钱。"

"那是，那是……"

"你呢，现在做什么工，有回过老家吗？"

"我……一样，卖点农产品，混混日子。老家很少回了，房子都倒塌了，回去也没什么用，只有每年清明会回去一趟。听我妈说你做了外公……"

说到这，他笑而不语，那神情不知是无奈还是欣慰。说话间，他把蓝色的口罩扯到了下巴，那张黑铜色的脸庞露出一副发黄的牙齿，正叼着一根香烟，时不时呼出一阵浓烈的烟气，烟气随之在空中升腾，熏陶着这个冷清且孤独的夜晚。他的双手粗糙无比，似乎还残留着钢筋的气味。

我又常常路过那个转弯角，也常常远远地看到他，他有时呆若木鸡地坐在凳子上，有时招呼着顾客，彼此相视只是点点头，不再寒暄。我想，这样也许是对的，人们不需要那些无谓的打扰，何况我们也很难寻得共同的话题，一个写文章的人，不过是人们眼里的"闲人"，而他还要争取时间去物色下一位顾客，那些所谓的礼节和交心，那些文字上的逗弄，在生存面前恐怕都是多余的。生活就如同他车厢里的水果，只能躺在那里静静地等待着人们的精挑细选，自己却无力去选择谁成为它的主人，跳出这个法则，那将会是一场梦魇的降临。

可后来有两个月没见到这个中年人了，每次路过那个转弯角，我都想他也许到别的地方摆摊去了吧。直到有一天母亲把真相告诉我，才猛然地让我感到自责，因为作为一个常常以"上帝视角"自居的写作者，我未能去洞悉生活背后的种种不堪，偏爱以美好的想象去掩饰那些隐藏着的落拓。母亲告诉我，端午过后不久，中年人相依为命的老母亲病倒了，而且一病不起，他把老母亲从窄小的商品房里拉回了老屋，悉心照顾，却最终还是回天乏术，这些日子他都在忙碌着老母亲的身后事。

那一刻我仿佛看到，老家的一座荒丘上，中年人在连绵的唢呐声中呜咽，自此，多出了一个新的坟陇，那是灵魂的坟陇，也是生活的坟陇。中年人只待晨雾散去，阳光重新倾泻而下，那会，他才能又开着那辆"长安仔"去卖他的水果。